CM1
vers le CM2

Mes jeux de vacances

ALBERT COHEN
NICOLAS DHUMEZ

Illustrations
PAUL BEAUPÈRE
FRÉDÉRIQUE VAYSSIÈRES

Hatier

Mes jeux de vacances

Ce cahier propose plus de 260 jeux pour réviser en s'amusant tout le programme de CM1. Pendant ses vacances, votre enfant va travailler à son rythme et dans la bonne humeur pour préparer sa rentrée en CM2.

Sur chaque page du cahier et dans toutes les matières, des jeux attractifs permettent de réviser une notion de façon **ludique**. Un **mémo** rappelle l'essentiel de ce qu'il faut savoir. Huit grands jeux, autour des thématiques préférées des enfants, offrent une pause **100% vacances** !

Ce cahier suit une progression pédagogique qu'il est préférable de respecter, mais votre enfant peut aussi choisir de faire les jeux dans l'ordre qu'il veut.

En fonction du rythme de vos vacances et de ses priorités de révision, votre enfant peut, s'il le souhaite, suivre un des **parcours de révision** proposés au début du cahier : parcours pressé en 3 semaines, parcours express en 2 semaines, parcours spécial Français ou parcours spécial Maths.

Toutes les **solutions** sont regroupées à la fin du cahier.

Ces jeux doivent être avant tout un moment de plaisir et de complicité.

À vous de jouer dans toutes les matières !

Français – Maths – Histoire – Géographie – Sciences – Anglais

Édition : Tréma / Emmanuelle Rocca-Poliméni
Illustrations : **Paul Beaupère** (Maths, Géographie, Sciences, Grands jeux), **Frédérique Vayssières** (Français, Histoire, Anglais, Grands jeux, Parcours)
Conception graphique : valerienizard.com
Mise en pages : STDI

© Éditions Hatier – 8 rue d'Assas, 75006 Paris – 2022 – ISBN : 978-2-401-08640-1

Parcours pressé

en 3 semaines

Un parcours de jeux, alternant **toutes les matières**, permettra de réviser les acquis de l'année et de préparer sa rentrée.

PARCOURS Express en 2 semaines

Un parcours de jeux, alternant **toutes les matières**, permettra de réviser les notions essentielles de l'année et de préparer sa rentrée.

PARCOURS Spécial Français

Un parcours de jeux, **renforcé en français**, pour réviser et préparer sa rentrée sans oublier les notions essentielles des autres matières.

Évalue ton résultat en coloriant chaque case

- (vert) = Super, j'ai tout bon !
- (orange) = Oups, j'ai juste fait quelques erreurs...
- (rouge) = Aïe ! Je relis le mémo et je fais un autre jeu.

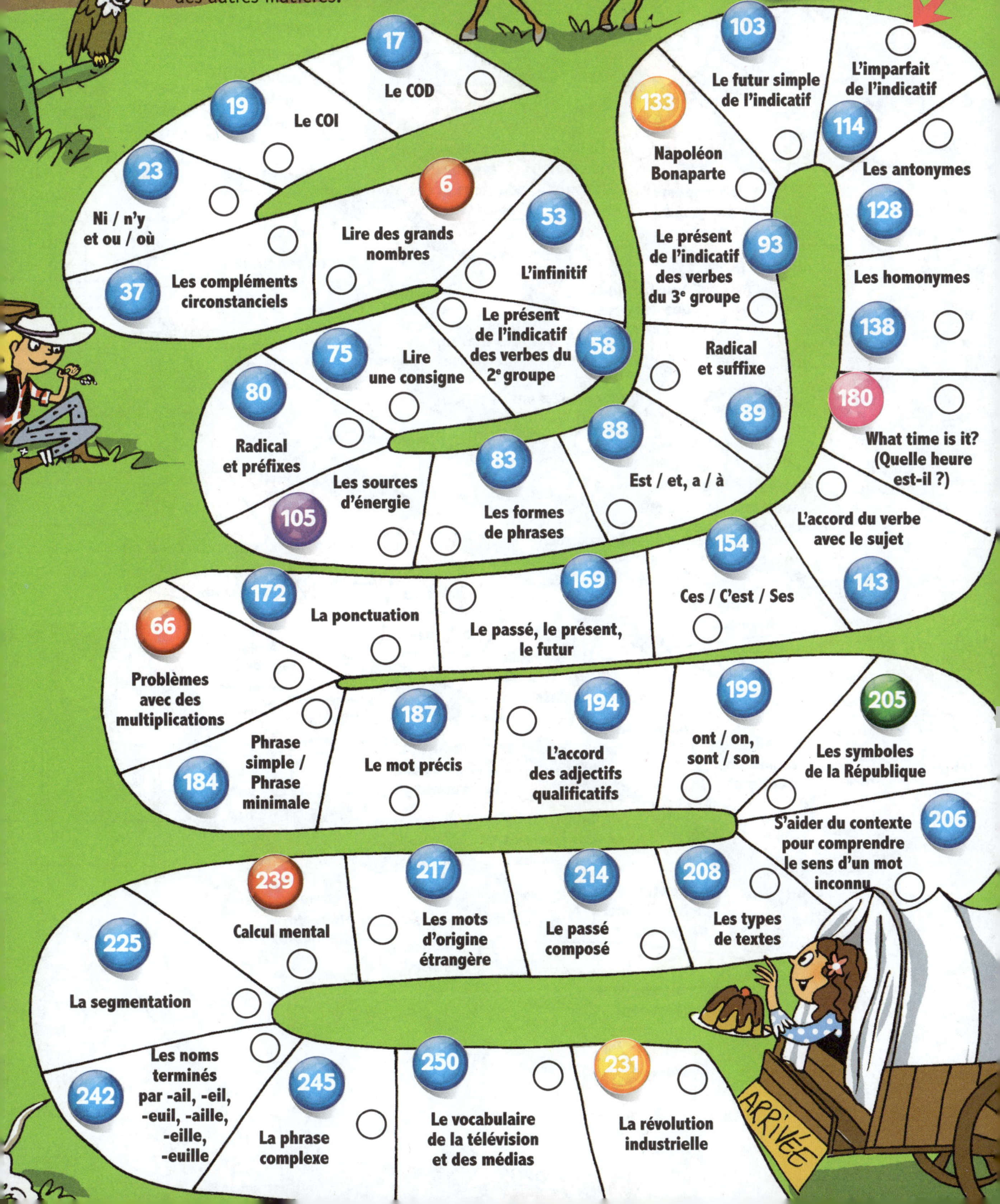

PARCOURS Spécial Maths

Un parcours de jeux, **renforcé en maths**, pour réviser et préparer sa rentrée sans oublier les notions essentielles des autres matières.

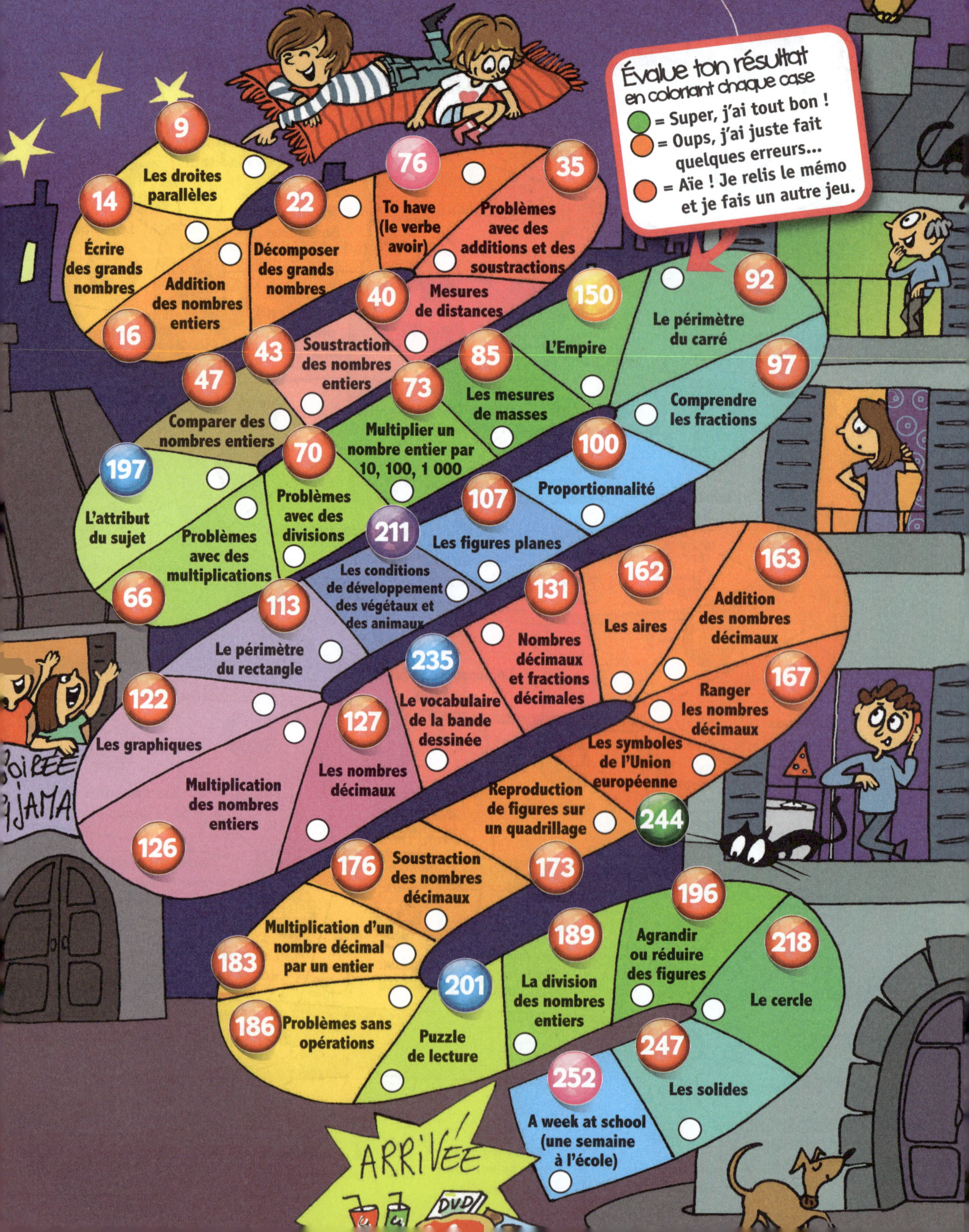

PARCOURS libre

Un parcours de jeux **à personnaliser** avec les notions que **votre enfant** doit réviser **en priorité**.

La population dans le monde

mémo

La population mondiale représente **le nombre de personnes vivant sur la Terre à une date donnée.** En 2017, on estimait à **7,5 milliards** le nombre **d'individus sur la planète.** On estime aussi que la population augmente de 230 000 personnes par jour (d'après une étude des Nations Unies). La **majeure partie de la population mondiale vit en milieu urbain.**

1 Mais combien sont-ils ?!

➜ **Colorie suivant le code pour voir comment se répartit la population dans le monde.**

★ > 1 milliard d'individus
● entre 100 millions et 500 millions
▲ entre 50 millions et 100 millions
■ entre 10 millions et 50 millions
◇ < à 10 millions

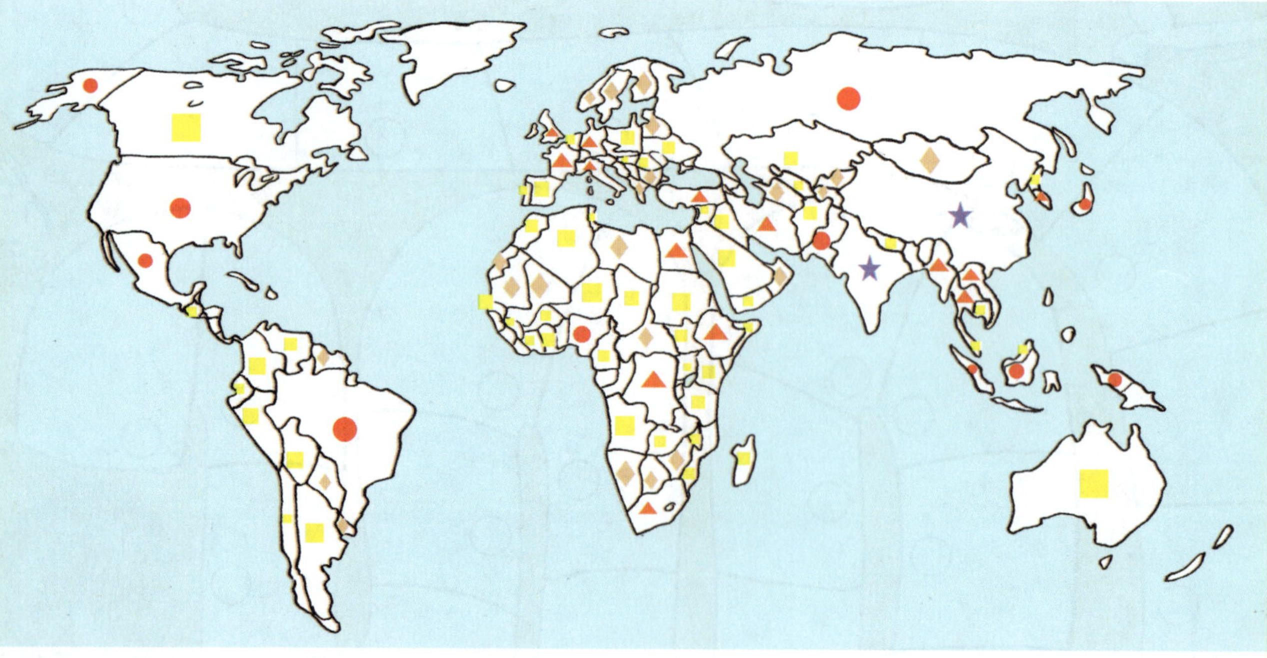

La monarchie absolue

mémo

Louis XIV est le plus célèbre des rois de France. Tout au long de son règne (72 ans), il se compare au Soleil et se fait appeler : **le Roi-Soleil.** Il a le **pouvoir absolu** car, seul, il **décide de tout.** C'est lui qui va faire agrandir le **château de Versailles** pour s'y installer avec toute sa **cour** en 1682. Enfin, Louis XIV est un roi guerrier qui agrandit les frontières du pays, mais vide les caisses de l'État.

2 Les proches du roi

➜ **Retrouve les noms des personnages qui ont accompagné le Roi-Soleil.**

COLBERT : principal ministre du roi
D'ARTAGNAN : mousquetaire
FOUQUET : surintendant des finances
LA FONTAINE : poète
LE NÔTRE : architecte jardinier
MAINTENON : madame de, favorite du roi devenue sa femme
MAZARIN : conseiller de la mère du roi
MOLIÈRE : comédien et auteur de pièces de théâtre
MONSIEUR : le frère du roi
MONTESPAN : madame de, maîtresse du roi

M	O	N	T	E	S	P	A	N	I	X	S	O	A	M
T	R	E	B	L	O	C	E	R	T	O	N	E	L	O
U	L	F	R	G	W	U	M	A	Z	A	R	I	N	N
E	R	E	I	L	O	M	R	J	M	I	C	W	Y	S
I	B	O	N	S	F	O	U	Q	U	E	T	W	K	I
J	M	Z	H	L	N	O	N	E	T	N	I	A	M	E
H	O	O	E	N	I	A	T	N	O	F	A	L	N	U
D	A	R	T	A	G	N	A	N	N	X	Q	I	K	R

3 Les trois ordres

➜ **Trouve les noms des trois ordres de la société française.**

Cet ordre est séparé en deux parties, l'une très riche et l'autre pauvre, sans formation et rurale.

LE LEGRCÉ

[ ][ ] [ ][ ][ ][ ][ ][ ]

Cet ordre se compose de la majorité des Français.

LE RITSE ÉATT

[ ][ ] [ ][ ][ ][ ][ ] [ ][ ][ ][ ]

Cet ordre a perdu de sa puissance quand les marchands bourgeois se sont enrichis.

LA BEELOSNS

[ ][ ] [ ][ ][ ][ ][ ][ ][ ][ ]

Hello! (Bonjour !)

mémo

La façon de se saluer ou de se dire bonjour en anglais dépend du moment de la journée :

→ *Le matin* : **Good morning!** *Bonjour !*

→ *En début d'après-midi* : **Good afternoon!** *Bonjour !*

→ *En début de soirée* : **Good evening!** *Bonsoir !*

→ *En fin de soirée* : **Good night!** *Bonne nuit !*

Tu peux aussi dire **Hello!** à n'importe quel moment de la journée.

4 Salut !

→ **Remets de l'ordre dans ces différentes façons de se saluer. Les cases colorées te feront découvrir un mot qui permet de dire bonjour à tes amis à n'importe quel moment de la journée.**

OODG HTNIG

DOGO GIORNNNM

5 Bien le bonjour…

→ **Complète la grille.**

1) Il est 8 h, je sors de chez moi le matin.

2) Le matin, le midi ou le soir, peu importe.

3) Je croise mon meilleur ami.

4) Il est 13 h 30, je sors du restaurant.

5) Il est 22 h, je quitte une soirée chez des amis.

6) Il est 19 h, je rentre chez moi en fin d'après-midi.

Lire des grands nombres

mémo

Pour lire des grands nombres, on peut les découper en tranches de trois chiffres de la droite vers la gauche. Chaque groupe de trois chiffres correspond à une classe.

Millions			Mille			Unités simples		
C	D	U	C	D	U	C	D	U
100 000 000	10 000 000	1 000 000	100 000	10 000	1 000	100	10	1

6 Nombres casés

➜ **Place les nombres en chiffres dans la grille.**

Horizontal

2. huit cent soixante-treize millions sept cent quatre-vingt quatorze mille cinq cent dix-huit.
3. quatre cent quatorze millions six cent vingt-cinq mille trois cent dix-sept.
7. neuf millions dix-neuf mille neuf cent cinquante-six.
9. six cent millions six cent mille six cent.
11. cent millions un.

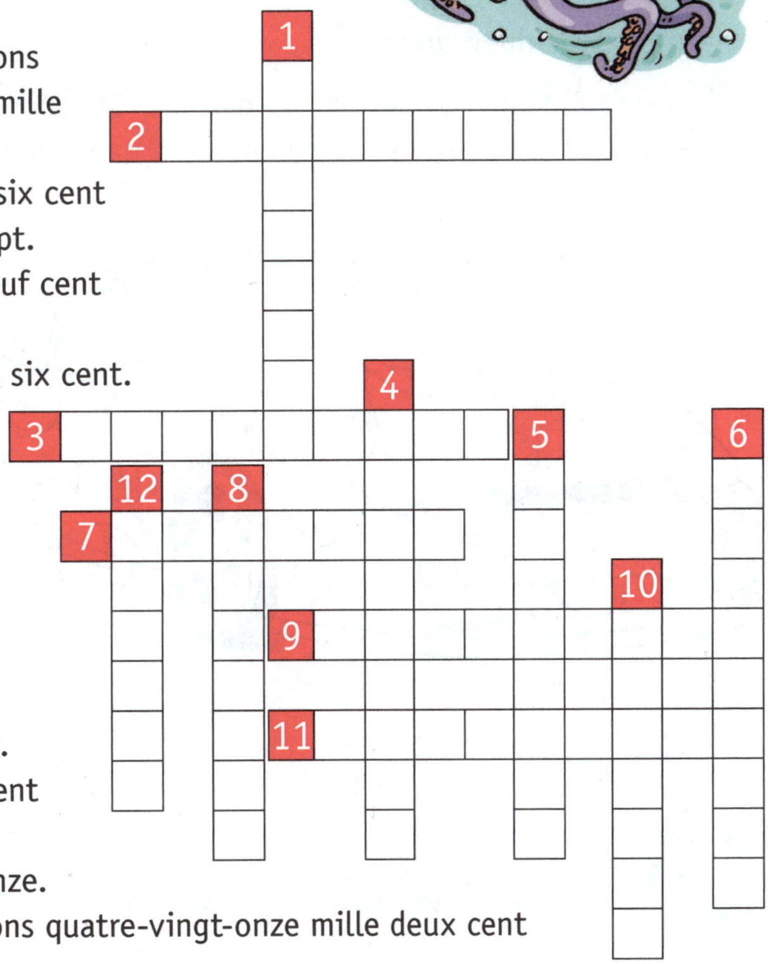

Vertical

1. vingt-trois millions cent quatre-vingt quatorze mille deux.
4. trois cent cinq millions cinq cent trois mille.
5. dix-sept millions deux mille onze.
6. cinq cent soixante-seize millions quatre-vingt-onze mille deux cent quarante-huit.
8. un million quatre cent quatre-vingt-trois mille sept cent soixante-dix-sept.
10. six millions trois cent mille cent cinquante.
12. neuf cent quatre-vingt-dix-neuf mille neuf cent quatre-vingt-dix-neuf.

Les 3 groupes de verbes

mémo

Les verbes sont classés en **3 groupes selon** leur **infinitif :**
- ceux du **1er groupe** qui se terminent par **-ER** comme jouer
- ceux du **2e groupe** qui se terminent par **-IR** comme finir
- ceux du **3e groupe, tous les autres** et ceux qui se terminent par -IR comme partir.

Les verbes qui appartiennent au même groupe se conjuguent de la même manière.

Les auxiliaires « **être** » et « **avoir** » font partie du 3e groupe.

Ils **peuvent être conjugués seuls** (*Cette année, ils ont une bonne équipe.*) **ou bien utilisés comme auxiliaires pour conjuguer d'autres verbes** (*Elle a enfilé son maillot de bain*).

7 Pied au plancher

➜ **Pour savoir comment colorier cette voiture, suis le code.**

verbe du 1er groupe ■ (orange)
verbe du 2e groupe ■ (gris)
verbe du 3e groupe ■ (noir)
verbe conjugué ■ (jaune)

1) écrivez 2) finir 3) devoir 4) danser 5) tondre 6) bondir
7) prendre 8) chanter 9) se baigner 10) applaudir

8 Deux par deux

➜ **Reconstitue les verbes en choisissant les bons infinitifs.**

dev	guér	dans	cour	av	prend
er	re	ir	ir	oir	oir

Les droites parallèles

mémo

Une droite est un ensemble infini de points.
On dit que deux droites sont **parallèles** quand elles ne se coupent jamais.

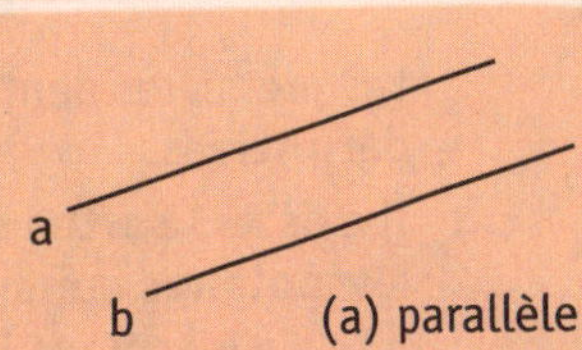

(a) parallèle à (b)

9 Ma cabane au fond des bois

→ **Relie les lettres a et b de la même couleur pour tracer des droites parallèles à la base de la cabane.**

10 Quelques brindilles

→ **Barre les dessins qui ne représentent pas des droites parallèles.**

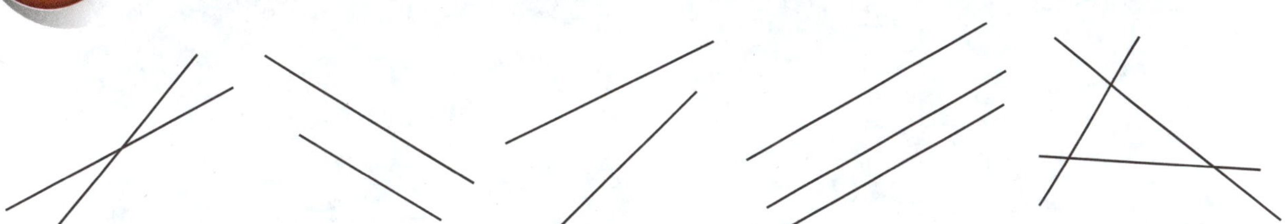

A B C D E

L'hygiène bucco-dentaire

mémo

Les premières dents sont les **dents de lait**, elles sont ensuite remplacées par les **dents définitives**.

Il existe **3 sortes de dents** : les **incisives** qui coupent, les **canines** qui déchirent et les **molaires** qui broient. Les dents sont **vivantes**, pour **les protéger contre les caries**, il faut **se brosser les dents après chaque repas**, sinon les microbes présents dans la bouche transforment les restes d'aliments en produit qui abîme les dents.

11 Les bons réflexes

→ **Aide Mathias à traverser ce labyrinthe en évitant les pièges qui pourraient abîmer ses dents.**

12 Concours de mousse

→ **Sauras-tu retrouver les 7 différences entre ces deux dessins ?**

Écrire des grands nombres

mémo

Pour écrire les grands nombres on doit placer **le nom de chaque classe après avoir groupé les chiffres par trois de la droite vers la gauche.**
On utilise les mots : zéro, un, deux, trois, quatre, cinq, six, sept, huit, neuf, dix, onze, douze, treize, quatorze, quinze, seize, vingt, trente, quarante, cinquante, soixante, cent, mille et million, pour écrire les nombres jusqu'à 999 999 999.

13 Les deux font la paire

→ **Remets de l'ordre dans ces mots, puis colorie de la même couleur le nombre en lettres et sa valeur en chiffres.**

43 162 759
25 617

Q M	GT	IX	SEP	T D	IX	VIN	T
CEN	ILL	CIN	E S				

LLE	QUA	T C	INQ	TE	E D	OIX	T S
EUX	PT	NS	UAN	TRO	TE	F	IS
RAN	LIO	SE	CEN	CEN	MI	ANT	MIL
NEU							

14 Charade

→ **Écris la réponse en lettres.**

1 + 1 font mon premier.
Mon deuxième coule dans les veines.
Mon troisième est le double de quatre.
Mon quatrième est une note de musique.
Mon cinquième est le roi des animaux.
Mon sixième n'est pas ancien.
Et mon tout est ....

Addition des nombres entiers

mémo

Pour calculer des sommes de nombres entiers on utilise la **technique opératoire de l'addition avec des retenues.** On **aligne les unités sous les unités et on calcule de droite à gauche.**

		1	1	1		
	7	1	6	5	9	4
+	5	6	4	5	8	3
1	2	8	1	1	7	7

15 Le mur qui compte

→ **Complète cette pyramide sachant que chaque brique vaut la somme des deux briques qui se trouvent sous elle.**

16 Opération codée

→ **Effectue cette opération en te reportant à la valeur des objets. Chaque objet remplace toujours le même chiffre.**

Le COD

mémo

Le Complément d'Objet Direct **répond à la question « qui ? » ou « quoi ? » posée après le verbe.**

Il ne peut être ni déplacé ni supprimé.

C'est le plus souvent un groupe nominal (GN) qui complète le groupe verbal (GV).

Il **suit directement le verbe sans préposition** (à, au, de, par, pour, sans, avec...).

On peut le remplacer par un pronom placé avant le verbe (le, la, les, l', en).

Je regarde un film. *Je regarde **quoi** ?* ***Un film*** *Je **le** regarde.*

17 Hisse et ho !

→ **Place les COD de ces phrases dans la grille et tu liras le nom d'un bateau qui avance grâce au vent.**

Papa répare la voiture.
Lilas raconte toujours des histoires.
Il apportera son matériel.
Ma sœur adore lire.
Ce soir nous allons voir le feu d'artifice.
Mon cousin pratique le tennis de table.
Léo mange une crêpe au sucre.

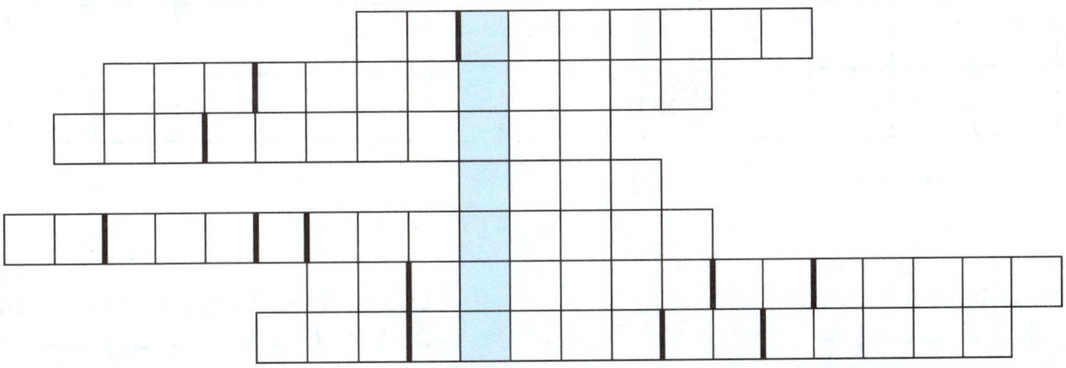

18 Le bon pronom

→ **Colorie de la même couleur la phrase et le bon pronom personnel qui pourra remplacer son COD.**

Nous attendons nos parents.	la / le / les
Il mange trop de bonbons.	les / le / en
Elle chante ma chanson préférée.	le / la / les

Le COI

mémo

Le Complément d'Objet Indirect **répond à la question « à qui ? », « à quoi ? » ou « de qui ? », « de quoi ? » posée après le verbe.** Il ne peut être ni déplacé ni supprimé.

Il fait partie du groupe verbal (GV), mais il est **séparé du verbe par une préposition** (à, au, de, par, pour, sans, avec...)

Nature du COI : nom propre, groupe nominal, pronom, infinitif, proposition.

On peut le remplacer par un pronom placé avant le verbe (lui, leur, y, en).

19 C'est au choix

→ **Respecte les indices pour te déplacer sur le quadrillage et retrouver la fin de chaque phrase. Écris ensuite la phrase en entier.**

Toute la journée, il joue...

→ → ↓ ↓ → → ↑ ↑ →

....

Je ne crois pas...

→ → ↓ ↓ ↓ → ↓ → → ↓ ← ← ←

....

Nous nous approchons...

→ ↓ ↓ ↓ ↓ → → → ↓ →

....

La fin de la colonie donne lieu...

→ ↓ ↓ ↓ → ↓ → → → ↓ ← ←

....

Les zones climatiques dans le monde

mémo

Il existe **trois grands types de climats** dans le monde :
- le climat **polaire** que l'on trouve proche des deux pôles. Les températures sont souvent au-dessous de zéro degré.
- le climat **tempéré** se trouve à mi-chemin entre les pôles et l'équateur. C'est un climat assez agréable avec un juste mélange de chaud et froid.
- le climat **tropical** se situe proche de l'équateur. Il y fait très chaud et humide sauf dans les régions désertiques où l'on ne rencontre que très peu de précipitations.

20 Sale temps

→ **Colorie les zones climatiques d'après la légende.**

ZONES FROIDES

ZONES CHAUDES

ZONES TEMPÉRÉES

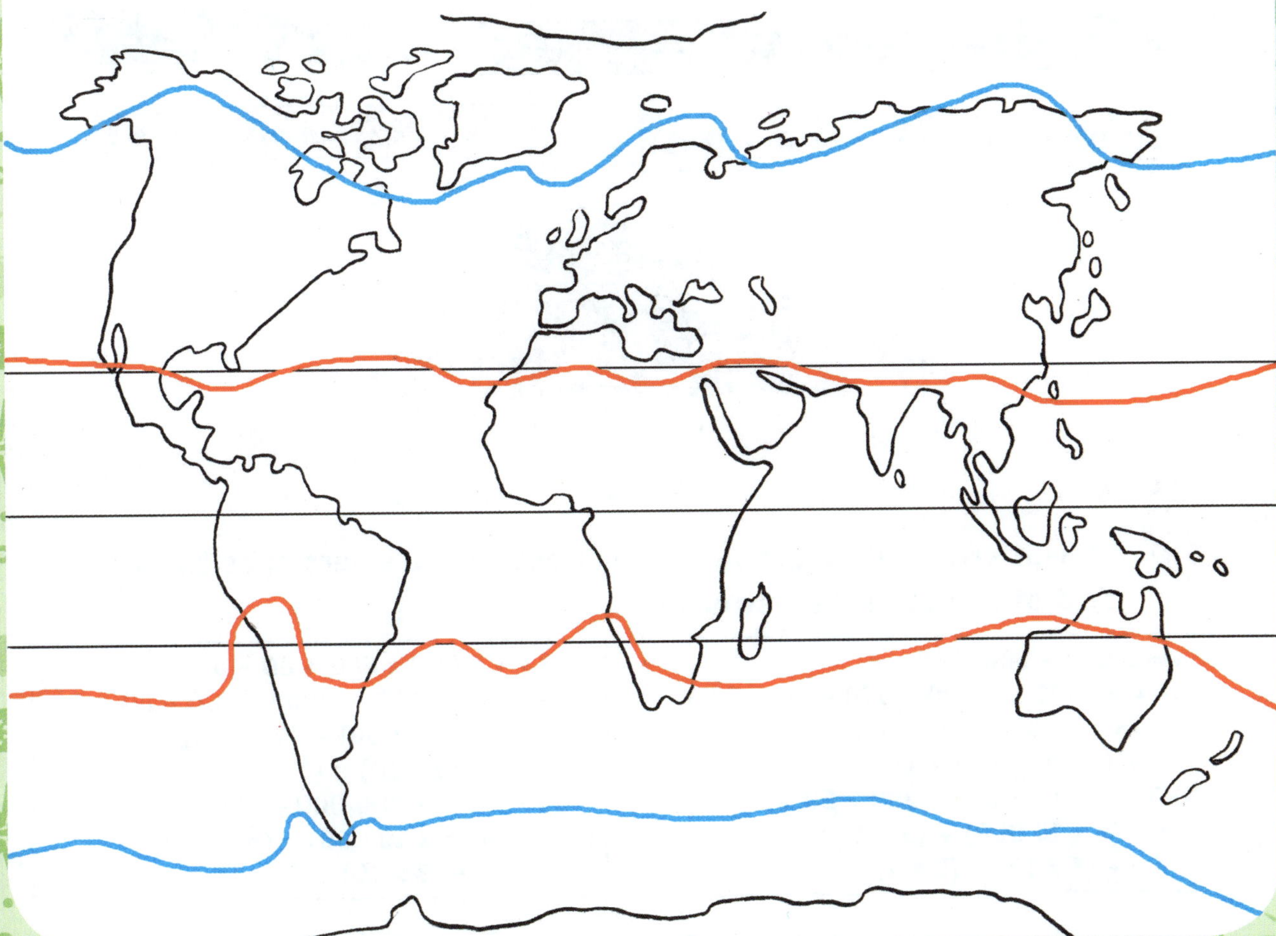

Décomposer des grands nombres

mémo

Prenons le nombre 2 654 789. Pour le décomposer on utilise soit :
- la **forme additive** : 2 000 000 + 600 000 + 50 000 + 4 000 + 700 + 80 + 9
- la **forme canonique** : (2 x 1 000 000) + (6 x 100 000) + (5 x 10 000) + (4 x 1 000) + (7 x 100) + (8 x 10) + (9 x 1)

L'une comme l'autre méthode utilise les classes et les multiples de 10.

21 Entrée en décomposition

→ **Relie chaque nombre à ses deux décompositions.**

(1x1 000) + (3x100) + (6x10) + (4x1)

(3x100 000) + (7x10 000) + (1x1 000) + (3x100) + (6x10) + (4x1)

1 000 + 300 + 60 + 4

300 000 + 70 000 + 1 000 + 300 + 60 + 4

1 634 | 28 643 | 371 364 | 1 364

(2x10 000) + (8x1 000) + (6x100) + (4x10) + (3x1)

1 000 + 600 + 30 + 4

(1x1 000) + (6x100) + (3x10) + (4x1)

20 000 + 8 000 + 600 + 40 + 3

22 Y'a erreur sur le signe...

→ **Sept erreurs de signe se sont glissées dans les décompositions de droite, à toi de les retrouver.**

5 684 = 5 000 + 600 + 80 + 4	5 684 = 5 000 x 600 + 80 + 4
46 987 = 40 000 + 6 000 + 900 + 80 + 7	46 987 = 40 000 + 6 000 x 900 + 80 + 7
3 951 = (3 x 1 000) + (9 x 100) + (5 x 10) + (1 x 1)	3 951 = (3 + 1 000) + (9 x 100) + (5 x 10) x (1 x 1)
7 000 357 = 7 000 000 + 300 + 50 + 7	7 000 357 = 7 000 000 + 300 + 50 x 7
60 583 = (6 x 10 000) + (5 x 100) + (8 x 10) + (3 x 1)	60 583 = (6 x 10 000) x (5 + 100) + (8 x 10) + (3 x 1)

Ni / n'y et ou / où

mémo

« Ni » renforce la négation et est utilisé pour la **double négation.**
*Je n'ai pris **ni** mon bonnet **ni** mon écharpe.*
« **N'y** » se place devant un verbe et indique aussi une négation. On peut le décomposer en **ne** et **y**. *Il **n'y** a plus rien à manger.*
« **Ou** » est une conjonction de coordination qui marque le **choix**. On peut le remplacer par **ou bien**. *Dans ce menu, il faut choisir une entrée **ou** un dessert.*
« Où » est un pronom relatif ou un adverbe interrogatif qui désigne le **lieu**. ***Où** allez-vous partir ?*

23 Dites-le avec des fleurs…

→ **Replace les mots aux bons endroits pour compléter le texte.**

– Bonjour, Monsieur.
– Bonjour, Madame. Je voudrais offrir des fleurs à ma femme, mais je ____ connais pas grand-chose.
– Je peux vous proposer des roses rouges ____ des pivoines.
– Ma femme n'aime ____ les épines ____ le rouge. Je vais prendre les pivoines.
– ____ dois-je les faire livrer ?
– Au 25 rue Marchand.
– C'est noté.
– Merci, au revoir !

24 Code fleuri

→ **Observe le code pour retrouver les bons mots.**

Je lui ai déjà parlé une  deux fois.

Tu  peux rien.

Ce n'est  le lieu  le moment.

Vas-tu enfin me dire  tu m'emmènes ?

Mesures de longueurs

mémo

Pour mesurer des longueurs, on utilise le **mètre** et les **multiples du mètre.**

km	hm	dam	mètre	dm	cm	mm
kilomètre	hectomètre	décamètre		décimètre	centimètre	millimètre
x 1 000	x 100	x 10	1	÷ 10	÷ 100	÷ 1 000

1 kilomètre = 10 hectomètres = 100 décamètres = 1 000 mètres

1 mètre = 10 décimètres = 100 centimètres = 1 000 millimètres

25 Sur mesure

→ **Relie chaque dessin à sa mesure.**

37 m | 5 mm | 63 cm | 2 dm

26 Chausser la bonne paire

→ **Colorie de la même couleur les paires de mesures.**

65 m	9 400 m
94 hm	1,974 km
126 dam	65 000 mm
316 km	126 000 cm
1 974 m	3 160 000 dm

Le dictionnaire

mémo

Dans un dictionnaire, on peut trouver l'**orthographe d'un mot, sa définition**, mais également **sa nature, son genre, quelques synonymes, sa prononciation** et parfois son illustration.
ex : conte, nom masculin, [kɔ̃t], récit d'histoires imaginaires, fiction/histoire/récit
Dans un dictionnaire, les mots sont rangés dans l'**ordre alphabétique.**

27 Dans le dictionnaire

→ Complète cette grille de mots croisés avec toutes les informations que peut te donner un dictionnaire.

Horizontal :
1) façon dont on doit « dire » le mot.
2) ce que veut dire le mot.
3) image qui explique le mot.
4) des mots qui ont le même sens.
5) le mot est-il masculin ou féminin ?

Vertical :
6) façon d'écrire le mot.
7) le mot est-il un nom, un adjectif…

28 Un peu d'ordre

1) Si tu cherches ces mots dans un dictionnaire, quel mot sera placé le premier ?
premier dernier troisième

2) Quel mot sera le dernier ?
gagnant vainqueur perdant

3) Quel mot sera placé entre « demain » et « hier » ?
aujourd'hui dimanche mercredi

Le genre des noms

mémo

Les noms que l'on peut faire précéder de **un**, **le** ou **du** sont du genre **masculin**.
un chien   le nuage   du chocolat

Les noms que l'on peut faire précéder de **une**, **la** ou **de la** sont du genre **féminin**.
une poule   la vague   de la mousse

Le plus souvent on forme le féminin d'un mot en ajoutant un « e ».
un marchand / une marchande

Certains noms se transforment en changeant de genre (un chanteur / une chanteuse) ou d'autres sont différents (un garçon / une fille).

29 Bon chic bon genre

→ Change ces mots de genre pour compléter la grille. Tu découvriras un endroit apprécié pendant les vacances.

mère
acteur
prince
poule
reine
indien
élève

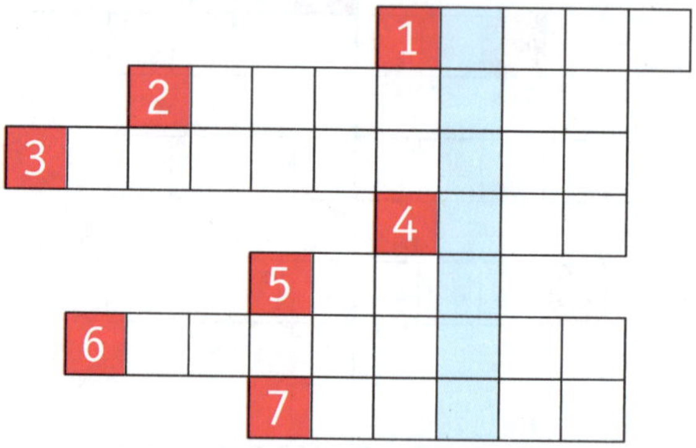

30 Le sac de plage

→ Entoure dans chaque liste le nom qui n'a pas le même genre que les autres. Tu sauras quels objets Chloé a emportés dans son sac de plage.

- des lacets / des lunettes / des boutons / des stylos
- des bonbons / des feuilles / des fleurs / des oranges
- du sucre / du vent / de la crème / du charbon
- une vache / une voiture / une échelle / un livre

Le relief en Europe

mémo

Le relief c'est l'**ensemble des creux et des bosses qui forment la croûte terrestre.** Le relief de l'Europe est très **varié**. Au nord, il se caractérise par des massifs aux formes arrondies. L'Europe de l'Ouest et du centre est celle des **plaines** et des **plateaux**. Une vaste plaine s'étend de la Belgique à la Russie. L'Europe du Sud est montagneuse avec des **chaînes de montagnes** qui dépassent parfois les 4 000 m d'altitude (Alpes, Pyrénées, Caucase).

31 Raplapla !

→ **Indique le numéro de chaque massif selon son emplacement sur la carte.**

- ◯ Alpes
- ◯ Vosges
- ◯ Sierra Nevada
- ◯ Carpates
- ◯ Pyrénées
- ◯ Oural
- ◯ Caucase
- ◯ Apennins
- ◯ Massif Central
- ◯ Jura
- ◯ Balkans
- ◯ Chaîne scandinave

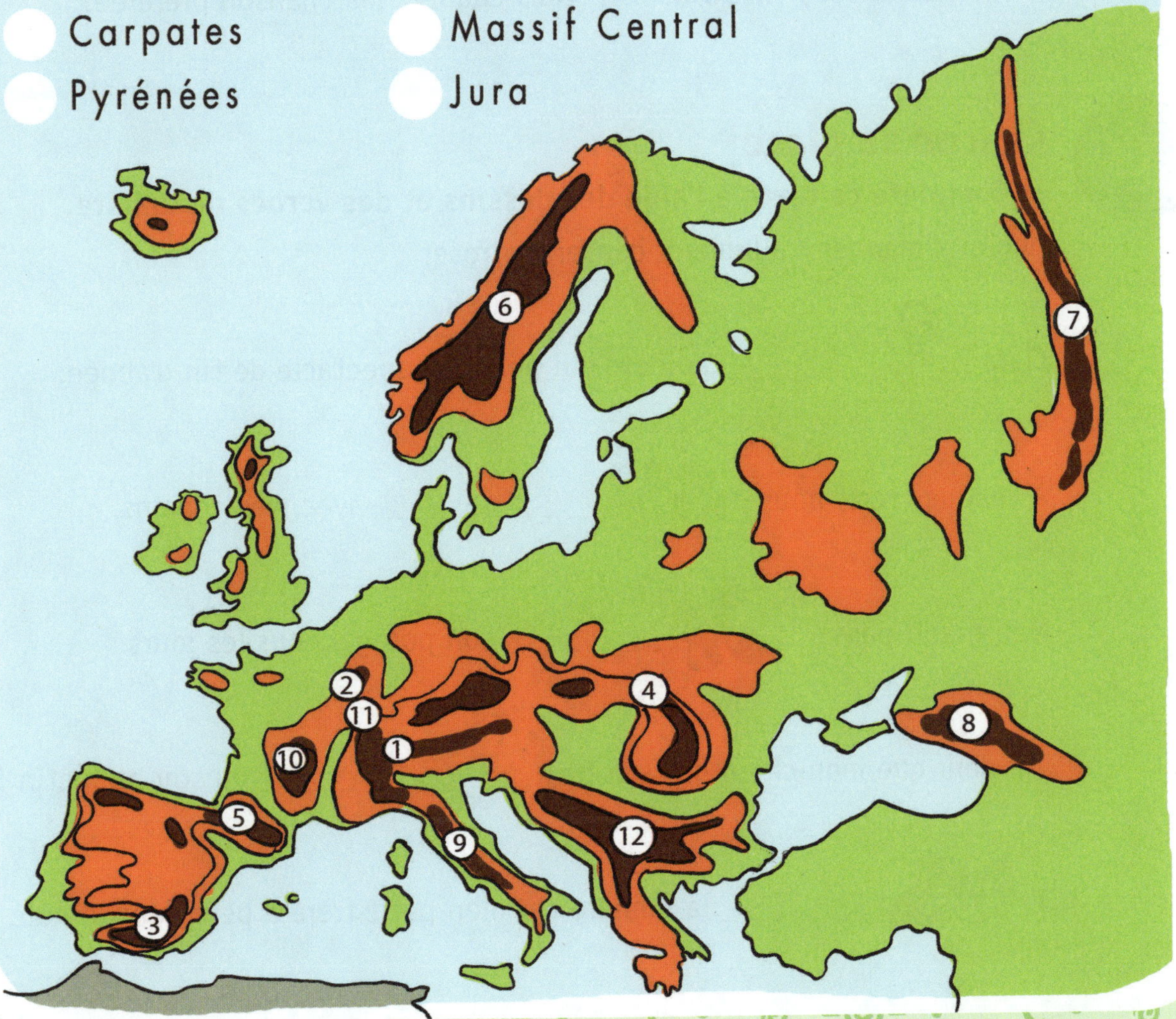

Le présent de l'indicatif des verbes du 1er groupe

mémo

Au **présent de l'indicatif**, on ajoute au radical des verbes du 1er groupe les terminaisons : **-e, -es, -e, -ons, -ez, -ent**

je chant<u>e</u>, tu chant<u>es</u>, il chant<u>e</u>, nous chant<u>ons</u>, vous chant<u>ez</u>, ils chant<u>ent</u>

À la 1re personne du pluriel, les verbes en **–ger** prennent un **e**. *Nous mang**e**ons*

À la 1re personne du pluriel, les verbes en **–cer** prennent un **ç**. *Nous tra**ç**ons*

32 Deux de trop

→ Un intrus s'est glissé dans chaque phrase, élimine-le.

- Au bord de la plage, ***les enfants / ils / nous*** jouent dans les vagues.
- Aujourd'hui, ***ma sœur et moi / Julie et Karine / nous*** allons regarder un super film au cinéma.
- Pour le goûter, ***elle / maman / tu*** prépare des crêpes à la confiture.
- ***Thomas et toi / mes voisins / vous*** chantez ma chanson préférée.

33 Chacun sa place

→ Complète ce texte à l'aide des dessins et des verbes de la liste.

rigoler / manger / allumer / danser / arroser

Clara  danse_ aujourd'hui pour son spectacle de fin d'année.

À chaque récré, nous  rigolons_ avec mes copains.

Mon grand-père  arose_ _ son potager tous les jours.

J'ai peur que mon chien grossisse : il  mange_ du soir au matin !

J'  allume_ la lumière car mon petit frère a peur dans le noir.

Le nombre des noms

mémo

Les noms que l'on peut faire précéder de **un**, **une**, **le**, **la** sont au **singulier**.
Les noms que l'on peut faire précéder de **des**, **les** sont au **pluriel**.
Le plus souvent, on forme le pluriel d'un mot en ajoutant un « s ».
Les noms terminés par -s, -x ou -z ne changent pas.
Généralement, pour passer du singulier au pluriel, les noms terminés par « eu », « au » ou « eau » prennent un « x », ceux terminés par « ail » et « ou » prennent un « s » et ceux terminés par « al » deviennent « aux ».

34 Mais qui a raison ?

→ **Max et Zoé ne sont pas d'accord. Entoure les noms au singulier en bleu et les noms au pluriel en rouge pour trouver qui a raison.**

La marmotte est un animal qui vit dans les montagnes. Elle se cache dans les rochers ou dans son terrier. La marmotte vit en famille. Comme la souris, la marmotte est un rongeur. Elle mange surtout de l'herbe, mais elle se nourrit aussi de vers et de sauterelles. Pour manger, elle se tient debout sur ses pattes de derrière. Lorsque la température baisse, la marmotte prépare un nid au fond de son terrier, avec du foin. Elle bouche l'entrée et s'endort pour tout l'hiver.

GRAND JEU DE

Rébus

Décode le rébus pour découvrir une maxime.

Joueur ou timide ?

Relie les points pour découvrir quel animal se cache derrière les rochers.

L'AQUARIUM

Sans l'ombre d'un doute

Sauras-tu reconnaître la bonne ombre du grand prédateur de cet aquarium ?

Labyrinthe

Aide le poisson clown à traverser l'épave pour rejoindre son anémone.

Problèmes avec des additions et des soustractions

mémo

Un problème peut faire appel à différentes opérations.
Trouve les données que tu dois utiliser, pose les opérations en colonne et rédige une phrase réponse.

35 Budget vacances

→ **Pose les opérations puis déchiffre la phrase réponse pour vérifier tes résultats.**

Pour partir en voyage, Anaïs, Séverine et Julie mettent leurs économies en commun. Anaïs a 548 €, Séverine a 159 € de moins qu'Anaïs et Julie a 273 € de plus que Séverine.

De quelle somme disposent les trois jeunes filles ?

A	B	C	D	E	F	G	H	I	J	K	L	M	N	O	P	Q	R	S	T	U	V	W	X	Y	Z
25	19	8	20	4		24	23	11	5	26	12		10		3	22	21	18	13	9	14	7	6	15	1

4-12-12-4-18 20-11-18-3-2-18-4-10-13 20-4 16-11-12-12-4 8-11-10-22

_ _

8-4-10-13 22-9-25-13-21-4 14-11-10-24-13 20-11-6 10-4-9-17 4-9-21-2-18

_ _

36 Devinette

→ **Indique la valeur de chaque nombre dans l'ordre croissant.**

La somme de 3 nombres est 9 157. On additionne le plus petit nombre (2 058) au plus grand et on trouve 5 679.

nombre 1 = nombre 2 = nombre 3 =

Les compléments circonstanciels

mémo

Le Complément Circonstanciel **complète le verbe et donne une information supplémentaire sur l'action** mais **il peut être déplacé ou remplacé**.

Il peut être de **temps** (CCT) et répond à la question « **quand ?** » ou « pendant quelle durée ? » se déroule l'action.

Il peut être de **lieu** (CCL) et répond à la question « **où ?** », « par où ? », « vers où ? » se passe l'action.

Il peut être de **manière** (CCM) et répond à la question « **comment ?** » se passe l'action.

37 Dans le vent

→ **Colorie chaque cerf-volant dans la couleur du tee-shirt de l'enfant qui tient le fil.**

My name is... (Je m'appelle...)

mémo

Pour **se présenter**, si on te pose la question « What's your name? » (Comment t'appelles-tu ?), tu réponds : « My name's Clara » ou « **My name is** Clara » (Je m'appelle Clara).
Tu peux aussi répondre : « I'm Clara » ou « I am Clara » (Je suis Clara).
Pour présenter quelqu'un, utilise la formule « This is + le nom de la personne que tu présentes ».

38 Best Friends (Meilleurs amis)

→ **Découvre comment s'appellent les amis de James. Redonne son nom à chacun grâce aux indices.**

Scot est un grand sportif.
Pamela est toujours près de Scot.
Peter a les yeux de la même couleur que ceux de Pamela.
Rachel a les cheveux de la même couleur que ceux de Scot.

....

39 Une première rencontre

→ **Remets les morceaux de phrase dans le bon ordre pour savoir ce que les enfants se disent.**

what's | name ? | my | my | Hello | Hello | is | this | And | Julia. | is | Samantha | I'm | sister. | your | Collin | name

1 ....
2 ....
3 ....

Mesures de distances

mémo

Pour mesurer des distances, on doit souvent effectuer des opérations et des **conversions** avec les mesures de longueurs. **L'unité principale** pour mesurer des grandes distances est le **kilomètre** noté **km**.

Ex. : la distance entre la Terre et la Lune est de 384 400 km.

40 Par les chemins

→ **Parmi ces vacanciers, qui habite le moins loin du camping ?**

Le son [s] / « s »

mémo

Le son [s] peut être écrit de différentes façons :

- « s » en début de mot ou entre deux lettres qui ne sont pas des voyelles
- « ss » entre deux voyelles
- « c » devant les lettres i, e et y
- « ç » devant les lettres a, o et u
- « t » devant ion dans certains mots
- « x » à la fin de certains nombres.

41 Un peu d'attention !

→ **Complète la grille à l'aide des dessins.**

42 Au travail !

→ **Replace les lettres dans le bon ordre pour reformer les mots.**

Les (i p s n s o s o) .... d'eau (é s l e a) .... ne ressemblent pas toujours aux (n s p i o s o s) .... d'eau (e d u c o) .... Savoir dire (o r b o s n i) .... et (i m r e c) .... fait partie des règles de (s o s e p i t l e) ....

Soustraction des nombres entiers

mémo

Pour calculer des différences de nombres entiers on utilise la technique opératoire de la **soustraction avec des retenues.** On aligne les unités sous les unités et on calcule de droite à gauche.

	7	11	16	15	9	14
−	1+5	1+3	1+8	7	1+1	9
	1	7	7	8	7	5

43 Attention au départ !

➜ **Colorie suivant le code.**

- inférieur à 1 000 (bleu)
- entre 1 000 et 2 000 (marron)
- entre 2 000 et 3 000 (orange)
- supérieur à 3 000 (vert)

Le son [z] / « z »

mémo

Le son [z] peut s'écrire avec un « z » quelle que soit sa place dans un mot :
un zèbre *une dizaine* *du gaz*

Il peut aussi s'écrire avec la lettre « s » entre deux voyelles :
du raisin *mesurer* *une surprise*

Plus rarement il peut s'écrire également avec la lettre « x » :
le deuxième *un dixième*

Attention ! **On l'entend aussi lorsqu'on fait la liaison** entre un mot se terminant par s, z ou x et un mot qui débute par une voyelle : *Joyeux anniversaire !*

44 Y'a pas d'lézard

→ Complète cette grille en t'aidant des dessins et découvre un mot mystère sur les cases colorées.

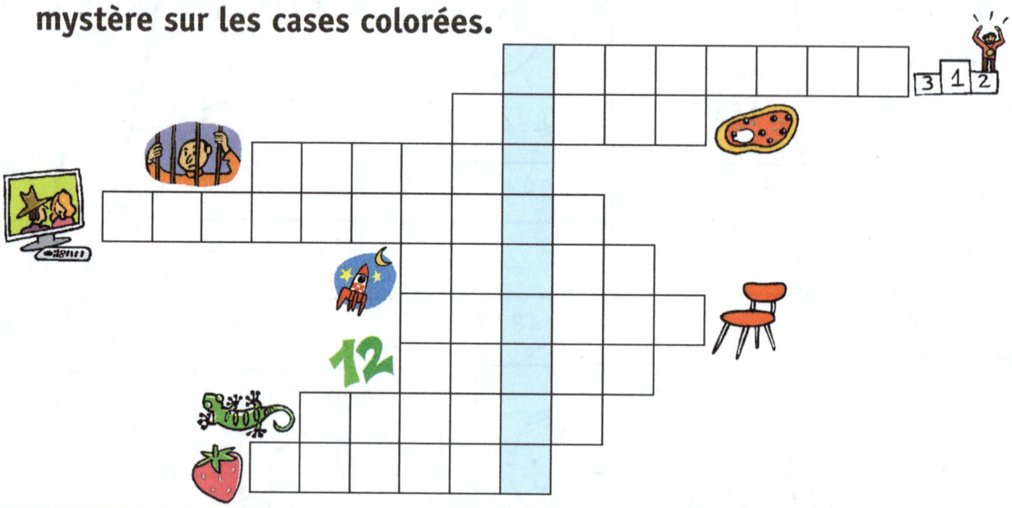

45 Faire le bon choix

→ Pour chaque phrase, réfléchis au son, observe les lettres puis barre l'intrus.

Je n'ai pas eu de **désert / dessert** ce midi.

La raie est un **poison / poisson** tout plat.

Nous **visons / vissons** une vis dans le mur.

Le cyanure est un **poison / poisson** mortel.

Mon **cousin / coussin** habite à Marseille.

Nous **visons / vissons** la cible.

Comparer des nombres entiers

mémo

Pour comparer des nombres, **on utilise les signes :** = (est égal à) ; < (est inférieur à) ; > (est supérieur à). On commence par **comparer le nombre de chiffres** qui compose chaque nombre, celui qui en a le plus est le plus grand : 123 456 789 > 999 999

Si les nombres ont autant de chiffres, **on compare les chiffres rang par rang :** 123 456 789 < 123 466 789 car 5 < 6.

46 Il n'en reste qu'un

→ Barre dans la grille de nombres :

- ceux qui comportent des milliards
- ceux qui n'ont pas 9 comme chiffre des centaines
- ceux qui sont < 159 000 000
- ceux qui n'ont pas 1 comme chiffre des unités
- ceux qui sont > 160 000 000
- ceux qui n'ont pas 1 593 centaines de mille.

1 357 951 456	**35 621 874**	**195 648 951**	**951 357 654**	**9 874 652 000**
654 951 357	**154 594 591**	**165 874 951**	**159 753 951**	**654 951 753**
2 670 159	**159 357 956**	**12 000 000 357**	**123 456 789**	**159 654 999**
123 000 800	**102 104 106**	**149 000 951**	**951 000**	**159 357 951**
75 003 156 254	**159 648 000**	**546 025**	**64 000 000**	**687 950 003**

47 Escalier royal

→ Complète les marches de cet escalier. Tu ne peux poser que les briques qui sont supérieures à celles du dessous et de la même couleur.

468 951 | 357 952 | 365 321 398 | 65 030 552 | 1 000 633

268 951 025 | 25 987 654 | 1 000 688 | 135 668 993 | 809 512 460

To be (le verbe être)

mémo

Le verbe « **to be** » est utilisé pour dire ce que l'on ressent :
I am happy (je suis heureux)
I am tired (je suis fatigué)
I am scared (j'ai peur)
I am fine (je vais bien)
I am angry (je suis en colère)
I am hungry (j'ai faim)
I am thirsty (j'ai soif).

Pour dire « **Il y a** » on emploie : « There is » devant le singulier, « There are » devant le pluriel.

I am	I'm	Je suis
You are	You're	Tu es
He is	He's	Il est
She is	She's	Elle est
It is	It's	Il / Elle est impersonnel
We are	We're	Nous sommes
You are	You're	Vous êtes
They are	They're	Ils / Elles sont

48 I am… in love ! (Je suis amoureux)

→ **Toutes les voyelles ont été supprimées, retrouve-les pour compléter la conjugaison du verbe BE.**

… … M
… … … … R …
H … … S
SH … … S
… T … S
W … … R …
… … … … R …
TH … … … R …

49 Let it be

→ **Retrouve les paroles de chaque personnage parmi la liste.**

1) I am tired
2) I am hungry
3) I am thirsty
4) I am angry
5) I am happy
6) I am scared

Les masses

mémo

Pour mesurer des masses, on utilise le **gramme** et les multiples du gramme. Pour obtenir la masse d'un objet, on utilise **une balance.** La balance de Roberval est constituée de deux plateaux et permet l'utilisation de poids marqués.

50 Légumes du soleil à l'huile d'olive

→ **Calcule la masse de chaque légume acheté au marché par ce chef pour réaliser sa recette.**

51 Coup de masse

→ **Observe bien les balances puis range ces produits du plus léger au plus lourd.**

1) ....
2) ....
3) ....
4) ....
5) ....
6) ....

L'infinitif

mémo

Le verbe peut prendre plusieurs formes : la forme conjuguée (qui varie en fonction du moment et de la personne) et **une forme invariable**, l'infinitif.

C'est cette forme que l'on retrouve **dans le dictionnaire.**

« Aujourd'hui les cerfs-volants volent haut dans le ciel. »

Dans cette phrase, le verbe conjugué est « volent » et l'infinitif de ce verbe est « voler ».

52 Dans le mille

➜ **Pour chaque phrase, l'un des deux verbes à l'infinitif n'est pas le bon. Vise-le et barre-le.**

- Il sera là dans un quart d'heure. **être / avoir**
- Ce matin, il pleuvait très fort. **pleurer / pleuvoir**
- Viendras-tu au stade avec moi ? **aller / venir**
- Nous pouvons revenir demain. **pouvoir / vouloir**
- Je mentais en racontant mon histoire. **mettre / mentir**

53 Juste une allumette...

➜ **Dans ce texte retrouve l'infinitif de chaque verbe souligné pour le placer dans les cases.**

Il faisait effroyablement froid ; il neigeait depuis le matin [...] ; le soir approchait, le soir du dernier jour de l'année. [...]
« Si je prenais une allumette, se dit-elle, une seule pour réchauffer mes doigts ? »
C'est ce qu'elle fit. [...]
Il sembla tout à coup à la petite fille qu'elle se trouvait devant un grand poêle en fonte, décoré d'ornements en cuivre.
La petite allait étendre ses pieds pour les réchauffer, lorsque la petite flamme s'éteignit brusquement : le poêle disparut, [...]

(*La petite fille aux allumettes*, H. C. Andersen)

Les familles de mots

mémo

Une famille de mots est formée de tous les mots qui possèdent le même **radical** auquel on a ajouté un **préfixe** ou un **suffixe.**

chauffage	*chauffer*	*chaufferie*	*réchauffer*

Attention ! Parfois le radical peut se transformer.

marin	*maritime*	*marée*	*mer*

54 Chamboule tout

→ **Remets de l'ordre dans ces boîtes et colorie-les de façon à retrouver les 4 familles de mots.**

- ....
- ....
- ....
- ....

55 Au stand de tir

→ **Vise et barre les intrus, qui n'appartiennent à aucune des familles.**

Encadrer des nombres entiers

mémo

On peut **encadrer** un nombre entier **entre deux autres nombres** entiers ; **le premier le précède** et **le second le suit**. On peut le faire **à l'unité près, à la dizaine** (nombre terminé par un zéro), à la centaine (nombre terminé par 2 zéros) et ainsi de suite.

ex. : 258 951 < 258 952 < 258 953 ; 250 000 < 258 952 < 260 000

56 Rester dans le cadre

→ **Complète les cadres avec les nombres qui conviennent.**

650 < .... < 660

379 000 < 379 885 < ....

.... < 123 654 982 < 123 654 990

958 < 959 < ....

.... < 5 364 < 5 400

.... < 95 637 < 96 000

140 000 < 149 603 < ....

123 654 980 | 960 | 654 | 150 000 | 5 300 | 380 000 | 95 000

57 Ce n'est pas sa place

→ **Barre la suite qui n'est pas correcte.**

852 000 < 852 103 < 853 000

523 600 < 523 694 < 523 700

357 000 < 357 652 < 358 000

800 000 000 < 900 100 368 < 900 000 000

999 666 320 < 999 666 324 < 999 666 330

Le présent de l'indicatif des verbes du 2e groupe

mémo

Au **présent de l'indicatif**, on ajoute au radical des verbes du 2e groupe les terminaisons :
-is, -is, -it, -issons, -issez, -issent
je grand__is__, tu grand__is__, il grand__it__, nous grand__issons__, vous grand__issez__, ils grand__issent__

58 L'eau en danger

→ **Complète le texte à l'aide des verbes de la liste.**

Quand l'homme rejette ses déchets, sur terre, en mer ou dans les airs, il pollue l'eau. La pollution des eaux a de nombreux visages. Les arbres ...., les feuilles ...., ou ...., le fond des rivières .... et certaines espèces de poissons .... par disparaître. Un déséquilibre de l'écosystème .... alors.

verdit – noircissent – jaunissent – surgit – finissent – dépérissent

59 Le présent : tout de suite et maintenant !

→ **Complète cette grille grâce aux définitions.**

Horizontal
4. avoir à la 2e personne du singulier
7. remplir à la 2e personne du pluriel
8. être à la 2e personne du pluriel
9. être à la 3e personne du pluriel
10. avoir à la 3e personne du pluriel

Vertical
1. accomplir à la 3e personne du singulier
2. maigrir à la 2e personne du singulier
3. choisir à la 2e personne du pluriel
5. saisir à la 1re personne du singulier
6. être à la 3e personne du singulier

Les droites perpendiculaires

mémo

On dit que deux droites sont perpendiculaires si elles se coupent en formant 4 angles droits.
(a) est perpendiculaire à (b)

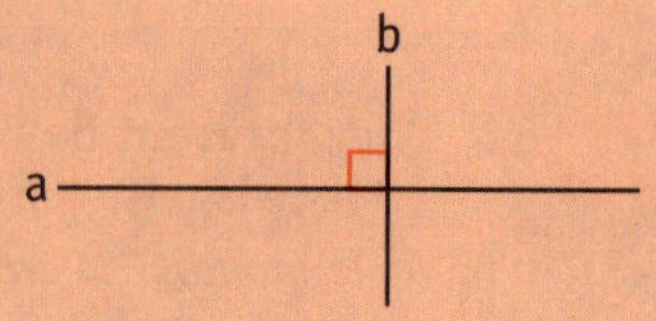

60 À angles droits

→ **Barre les dessins qui ne représentent pas des droites perpendiculaires.**

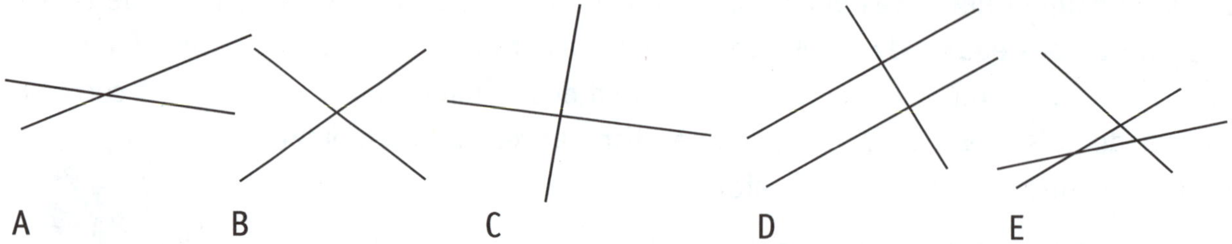

61 Ombres siamoises

→ **Entoure l'ombre qui correspond au modèle.**

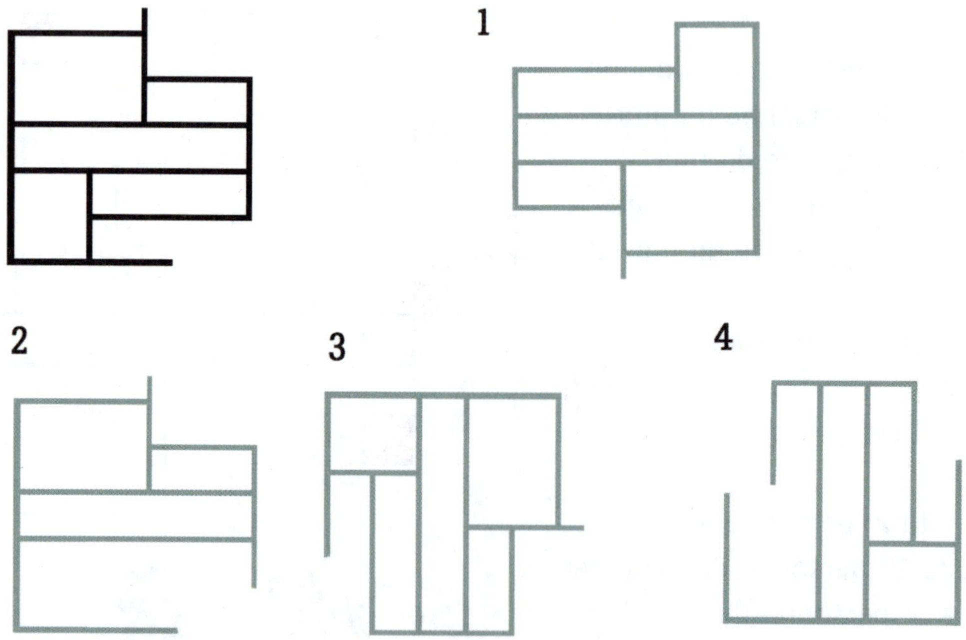

LOUIS XVI

mémo

Il est le **petit-fils de Louis XV.** Son règne est marqué par la guerre en Amérique et surtout par les mauvaises récoltes. La cour dépense aussi beaucoup d'argent en festivités. **Le peuple se révolte** et le roi est forcé de partager son pouvoir. **Il sera guillotiné le 21 janvier 1793.**

62 Vive le roi

→ **Relie les illustrations aux légendes.**

1

2

3

1791 – la fuite du roi à Varennes.
1682-1789 – Versailles : la résidence royale.
1789 – le peuple de France est affamé.
14 juillet 1789 – la prise de la Bastille.
1793 – la mort du roi.
1792 – la reine est emprisonnée avec la famille royale.
1793 – la mort de la reine.

4

5

6

7

63 Un profil singulier

→ **Quelle est l'ombre de Louis XVI ?**

A

B

C

D

E

Les fractions simples

mémo

Une fraction est un nombre qui sert à exprimer un partage.
$\frac{1}{2}$ un demi ; $\frac{1}{3}$ un tiers ; $\frac{1}{4}$ un quart sont des fractions.

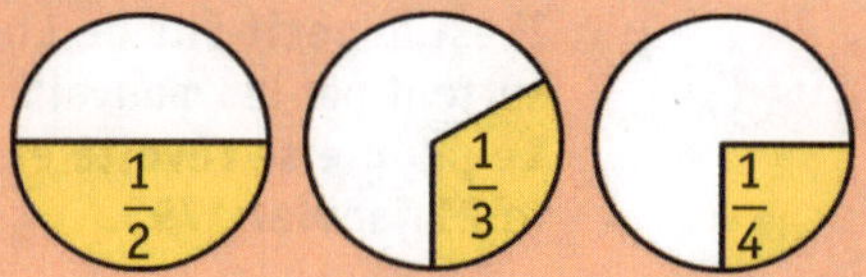

64 Gâteaux d'anniversaire

→ **Colorie la partie de chaque gâteau mangée par les enfants.**

$\frac{2}{5}$ $\frac{3}{4}$ $\frac{4}{6}$ $\frac{4}{8}$ $\frac{10}{12}$

65 L'ombre d'une fraction

→ **Retrouve le dessin correspondant à chaque fraction.**

$\frac{2}{3}$ $\frac{1}{2}$ $\frac{1}{5}$ $\frac{1}{4}$ $\frac{1}{3}$

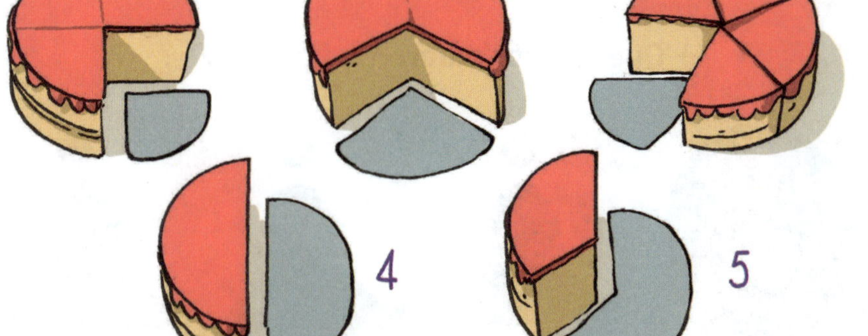

Problèmes avec des multiplications

mémo

Un problème peut faire appel à **la multiplication**. Il s'agit par exemple de multiplier un nombre d'objets ou d'articles par une certaine quantité.
Trouve les données que tu dois utiliser, effectue des multiplications pour calculer des produits et rédige une phrase réponse.

66 Joyeux anniversaire !

➜ **Complète les assiettes pour placer la quantité nécessaire de chaque sorte de bonbons.**

Pour son goûter d'anniversaire, Léna prépare des assiettes avec des bonbons pour ses invités.
Elle veut que chaque invité puisse manger : 2 sucettes, 5 caramels, 1 boule de coco et 3 crocos. Elle invite 8 filles et 5 garçons.

Une lettre, plusieurs sons / Plusieurs lettres pour le même son

mémo

Le son de certaines consonnes change selon la voyelle qui les suit.
Pour écrire **<u>le son [s]</u>** / « s », on peut utiliser différentes lettres :
- s ou –ss entre deux voyelles
- c devant -e, -i et –y et –ç devant -a, -o, -u
- t devant –i dans certains mots

Le **<u>son [g]</u>** / « g » s'écrit avec :
- g devant -a, -o et –u
- gu devant –e et –i

<u>Le son [ʒ]</u> / « j » s'écrit avec :
- j devant toutes les voyelles
- g : devant –e et -i
- ge : devant –a et -o

67 La bonne voie

➜ **Retrouve le bon chemin qui te permettra de relier chaque dessin à la lettre qu'il faut utiliser pour écrire le mot correspondant.**

....

68 Jungle de mots

➜ **Retrouve les mots de la liste dans la grille. Les lettres restantes te feront découvrir le nom d'un animal bien caché dans cette jungle.**

ADDITION FRACTION GLISSADE GOÛT GUÊPE GUÉRIR JARDIN JOUET NAGER PORTION SAGESSE SINGE

A	D	D	I	T	I	O	N
T	E	G	N	I	S	G	A
E	D	A	S	S	I	L	G
U	S	A	G	E	S	S	E
O	O	G	U	E	R	I	R
J	A	R	D	I	N	R	G
I	N	O	I	T	R	O	P
L	L	E	P	E	U	G	E
F	R	A	C	T	I	O	N

Comprendre un texte

mémo

Comprendre, c'est **se représenter la situation décrite par le texte**.
Pour bien comprendre ce que « dit un texte » il faut bien analyser différents éléments.
- Les **personnages** : les différentes façons de les appeler, leur physique, leur caractère, leur milieu de vie, ce qu'ils font et ce qui leur arrive.
- Le **lieu** : où se passe l'action, dans quelles conditions.
- Le **temps** : le moment de la journée, l'époque durant laquelle se déroule l'action.
- Le problème et la solution s'ils existent.

69 Dans la jungle, terrible jungle ...

→ Sauras-tu découvrir quels animaux parlent dans ce texte ? Note leurs noms aux bons endroits et dessine-les dans la scène.

Ce soir, les animaux de la savane se sont réunis pour choisir un nouveau roi. Chacun essaie de prouver qu'il faut voter pour lui.

– C'est moi le roi des animaux, tout le monde le sait ! Je ne vois pas pourquoi il faudrait changer les choses, s'exclama ....

– Oui, mais moi, vois-tu, dit .... , je suis si gros, je vis si longtemps que je mérite d'être roi.

– Avec mon long cou, c'est pourtant moi qui domine tous les animaux ! grommela ....

– Mais il n'y a pas plus malin, plus agile ni drôle que moi. Je veux être le roi, dit .... en faisant une pirouette.

– Aucun de vous ne peut voler dans le ciel, et je suis l'un des seuls oiseaux qui peut apprendre à parler. Je dois être roi affirma ....

– Taisez-vous chuchota .... Mon venin est si puissant que je pourrais tuer chacun d'entre vous, et je deviendrai le roi !

grand jeu

Rébus

Déchiffre ce rébus pour en savoir plus sur les zoos.

Les ZANIMOTS

Mon premier est la 9e lettre de l'alphabet.
Mon deuxième sert aux jeunes enfants pour apprendre la propreté.
Mon troisième est identique à mon deuxième.
Mon quatrième est la 2e syllabe du mot « tamtam »
Mon tout est le « cheval des rivières ».

Mon premier est le premier aliment des bébés.
Mon deuxième recouvre 70 % de la surface de la Terre.
Mon troisième est le verbe « partir » conjugué au présent à la 1re personne du singulier.
Mon tout est un félin recouvert de taches fauves.

Mon premier est une céréale que l'on peut manger avec des baguettes.
Mon deuxième veut dire « non » en anglais.
Mon troisième est le nom des pattes de l'aigle.
Mon quatrième est rongé par le chien.
Mon tout est le troisième animal le plus gros au monde.

du ZOO

Une petite visite...

Suri s'est échappé et voudrait bien rendre visite à ses amis avant d'aller piquer des pop corn chez le marchand mais, même dressé sur deux pattes, il ne voit pas très bien où aller... Aide-le à trouver son chemin.

Problèmes avec des divisions

mémo

Un problème peut faire appel à **la division**. La division permet le partage en parts égales ou sert à calculer la valeur d'une seule part.

Trouve les données que tu dois utiliser, effectue des divisions pour calculer des parts et rédige une phrase réponse.

70 Fin de saison

→ **La boutique de souvenirs liquide son stock et la colonie voisine profite des réductions. Aide la vendeuse à tenir les comptes et complète son tableau à l'aide des étiquettes.**

date	Article en promotion	Quantité vendue	Prix unitaire en €	Prix total en €
26 juillet	Bouée	25		175
	Chapeau de paille	15		90
	Palme	12		432
	Parasol	6		156
	Lunettes de soleil	31		589
	Matelas pneumatique	20		340
	Crème solaire	50		200
	Casquette	18		270
Montant total				2 252

7 36 26 6 19 17 4 15

La prise de la Bastille

mémo

Le mardi **14 juillet 1789** le peuple de Paris descend dans la rue et s'attaque à la prison de la Bastille. Cet événement est le **déclencheur de la Révolution française** et marque la **fin de l'ancien régime**.

71 Aux armes citoyens...

→ **Trouve les 10 différences entre ces deux scènes.**

Multiplier un nombre entier par 10, 100, 1 000

mémo

Pour multiplier un nombre entier par 10, 100, 1 000 il faut ajouter un, deux, trois zéros à la droite du nombre.

25 x 10 = 250 25 x 100 = 2 500 25 x 1 000 = 25 000

72 Crise de fois

→ **Colorie de la même couleur le résultat correspondant à chaque multiplication.**

73 À l'eau

→ **Un parc d'attractions a ouvert à côté de chez Marius cette semaine. Quel jour a-t-il eu la plus grosse fréquentation ?**

	Visiteurs du Parc Aqua-Plouf !
lundi	145 x 10 =
mardi	lundi x 10 =
mercredi	mardi x 100 =
jeudi	mardi x 10 =
vendredi	lundi x 1 000 =
samedi	mercredi x 10 =
dimanche	lundi x 1 000 =

Lire une consigne

mémo

Les consignes **dans l'énoncé d'un exercice** permettent de savoir ce que l'on doit faire.
Il faut **repérer** dans un premier temps **les verbes d'action** : souligner, cocher, calculer …
Ensuite, il faut **repérer les informations** nécessaires à la réalisation de la consigne et ses différentes étapes, s'il y en a.

74 À l'abordage

→ **Relie les points impairs pour découvrir le drapeau de Jack le pirate.**

75 Le coffre aux trésors

→ **Pour trouver le code du cadenas du coffre, suis les étapes.**

Ordonne ces nombres dans l'ordre décroissant, divise ensuite chaque nombre par 2, puis conserve uniquement le chiffre des unités.

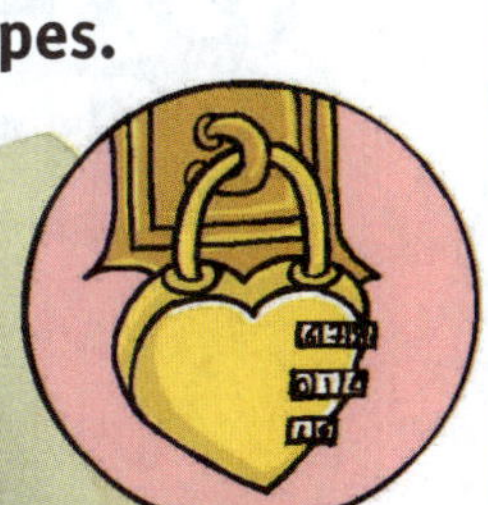

2 000 — 64 012 — 688 — 12 826

↓ étape 1

[ ] — [ ] — [ ] — [ ]

↓ étape 2

[ ] — [ ] — [ ] — [ ]

↓ étape 3

[ ] — [ ] — [ ] — [ ]

To have (le verbe avoir)

mémo

Pour indiquer que l'on possède quelque chose, on utilise HAVE + GOT.

Le verbe « to have » est utilisé dans de nombreuses expressions.

Have a drink (prendre un verre)

Have a cup of tea (prendre un thé)

Have a shower (prendre une douche)

Have lunch (déjeuner)

Have a dream (rêver)

Have a holiday (prendre des vacances)

I have	I've	J'ai
You have	You've	Tu as
He has	He's	Il a
She has	She's	Elle a
It has	It's	Il / Elle a impersonnel
We have	We've	Nous avons
You have	You've	Vous avez
They have	They've	Ils / Elles ont

76 I have a problem…

→ **Trouve les bons chemins pour reformer les bonnes conjugaisons.**

77 Un beau discours

→ **En utilisant le code A = 1, B = 2, C = 3 … déchiffre ce message et tu pourras lire une phrase très célèbre prononcée par Martin Luther King.**

9

8	1	22	5

1

4	18	5	1	13

Les climats en Europe

mémo

L'Europe fait partie de la **zone tempérée.** Les climats y sont variés. On trouve ainsi :
- le climat **océanique** : (du Portugal à la Norvège) forme les régions les plus humides ;
- le climat **continental** : (de l'est de la France à la Russie) se caractérise par de gros écarts de températures entre l'été et l'hiver ;
- le climat **méditerranéen** : sur tout le sud de l'Europe avec de l'air chaud et sec ;
- le climat **montagnard** : sur toutes les chaînes de montagnes.

78 Légende inversée

→ **Colorie la légende d'après la lecture de la carte.**

- ☐ Climat océanique
- ☐ Climat continental
- ☐ Climat méditerranéen
- ☐ Climat montagnard
- ☐ Climat tempéré
- ☐ Climat aride

79 Légende de saison

→ **Retrouve les mots suivants dans la grille : océanique, continental, méditerranéen, montagnard, tempéré, aride.**

T	Y	G	N	Y	M	O	C	E	R	E	P	M	E	T
C	O	N	T	I	N	E	N	T	A	L	D	Z	D	E
D	R	A	N	G	A	T	N	O	M	V	H	I	E	T
O	C	É	A	N	I	Q	U	E	B	W	K	D	R	E
N	E	É	N	A	R	R	E	T	I	D	É	M	W	A

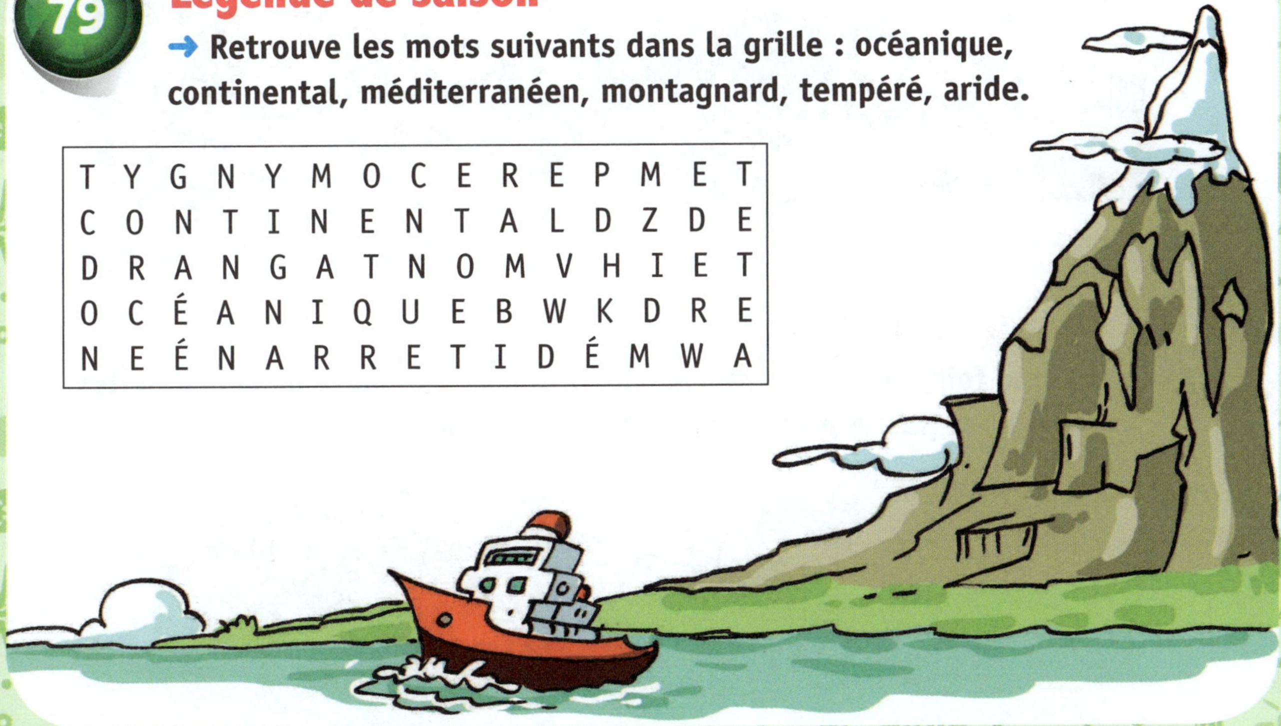

Radical et préfixes

mémo

À partir d'un mot simple, le **radical**, on peut **former d'autres mots**, appelés mots **dérivés**, **en ajoutant un préfixe.**

Le préfixe est un élément **placé devant le radical** et qui en modifie le sens.

pré + histoire	préhistoire	im + possible	impossible
préfixe radical	mot dérivé	préfixe radical	mot dérivé

Les préfixes sont très nombreux, les plus utilisés sont :

dé-, dés-, im-, in-, mal-, ir-, il-, qui indiquent le contraire (logique / illogique)

para-, qui indique l'action de protéger (paravent)

pré-, qui indique que l'action s'est déroulée avant (préhistoire)

re-, qui indique que l'action va se renouveler (recommencer)

80 Lecture un peu hachée…

→ **Le bûcheron a coupé toutes les bûches en deux et n'a pas vu que des mots étaient écrits dessus. Aide-le à assembler le radical et son préfixe pour reformer les mots.**

81 À toi de couper !

→ **Cette fois, aide-le à trancher les 2 bûches de mots dans lesquelles « re » n'est pas le préfixe qui signifie « de nouveau ».**

Problèmes avec des multiplications et des divisions

mémo

Pour trouver la solution de certains problèmes, on peut être amené à effectuer des multiplications et des divisions. Il faut **respecter l'ordre des étapes de la résolution** et **ne pas oublier les opérations intermédiaires.**

82 Surf à la Réunion

→ **Redonne à chaque énoncé ses opérations et sa phrase réponse. Colorie tous les éléments d'un même problème de la même couleur.**

Arnaud est passionné de surf. Il achète chaque mois la revue « Glisse » qui coûte 17 euros. Les 3 mois d'été il achète aussi « SurfMag» à 19 €, « Voile » à 21 € et « Le mag du kite » à 15 €.
Combien dépense-t-il par an pour ses revues ?

3 252 + 1 758 = 5 010

5 010 ÷ 7 = 715,72

17 x 12 = 204

1 084 x 3 = 3 252

586 x 3 = 1 758

534 ÷ 12 = 44,5

(19 + 21 + 15) x 3 = 55 x 3 = 165

204 + 165 = 369

Emmanuel, Stéphane et Thierry partent pour 7 jours sur l'île de la Réunion. Un billet d'avion aller-retour coûte 586 €. L'hôtel coûte 1 084 € la semaine par personne.
En comptant le voyage et l'hôtel, quel est le prix de revient d'une journée de vacances pour les trois amis ?

Les formes de phrases

mémo

Une phrase peut être à la forme **affirmative** ou, à l'inverse, à la forme **négative**.
À la forme négative, le verbe est encadré par **deux mots :**
ne ... pas, ne ... plus, ne ... jamais, ne ... rien, ne ... personne, etc.
En fonction du deuxième mot de la négation utilisé, le **sens** de la phrase peut changer.
Je veux partir. / Je ne veux pas partir. / Je ne veux plus partir. / Je ne veux jamais partir.

83 Non non et non !

→ **Pour chaque phrase affirmative retrouve la phrase négative de sens opposé, puis colorie-la de la même manière.**

Elle sait sa leçon.

Elle sait parfaitement sa leçon.
Elle sait encore sa leçon.
Elle ne sait plus du tout sa leçon.

Ils arrivent toujours à l'heure.

Ils n'arrivent jamais à l'heure.
Ils n'arrivent pas à l'heure.
Ils arrivent presque toujours à l'heure.

J'ai encore quelque chose à dire.

J'ai tellement de choses à dire.
Je n'ai plus rien à dire.
Je ne dis rien.

Il se fait souvent gronder.

Il ne se fait jamais gronder.
Il se fait un peu gronder.
Il ne se fait pas gronder.

Ma meilleure amie a toujours de bonnes idées.

Ma meilleure amie n'a jamais de bonnes idées.
Ma meilleure amie a souvent de bonnes idées.
Ma meilleure amie a parfois de bonnes idées.

Dans le jardin, les arbres ont encore des feuilles.

Dans le jardin, les arbres ont beaucoup de feuilles.
Dans le jardin, les arbres ont quelques feuilles.
Dans le jardin, les arbres n'ont plus de feuilles.

Les mesures de masses

mémo

L'unité de mesure de masses est le gramme noté « **g** ».

kg	**hg**	**dag**	**gramme**	**dg**	**cg**	**mg**
kilogramme	hectogramme	décagramme		décigramme	centigramme	milligramme
x 1 000	x 100	x 10	1	÷ 10	÷ 100	÷ 1 000
1	0	0	0			

1 kilogramme = 10 hectogrammes = 100 décagrammes = 1 000 grammes

1 gramme = 10 décigrammes = 100 centigrammes = 1 000 milligrammes

84 Ils sont tous à la masse

→ **Trouve la masse de chaque objet. Puis, indique qui est le plus lourd.**

3 kg 650	1 kg	1 680 kg	5 430 kg	45 g

85 À plumes ou à poils

→ **Trouve la masse de chaque espèce.**

Les animaux d'une même espèce pèsent la même masse.
Quand la dinde et le coq se pèsent ensemble la balance indique 9 kg ;
quand la dinde, le coq et le cochon se pèsent ensemble la balance indique 99 kg ;
quand le cochon et trois dindes se pèsent ensemble la balance indique 108 kg.

Les engrenages

mémo

Un engrenage est **un système qui permet de transmettre un mouvement.** Il est constitué de plusieurs **roues dentées qui s'emboîtent** les unes dans les autres.

Lorsqu'une roue est mise en mouvement, elle entraîne un mouvement en sens inverse sur la roue qui la touche.

86 Au fond du puits

→ Observe le dessin et réponds à la question.

Max est en vacances chez ses grands-parents. Il aimerait remonter le seau qui se trouve au fond du grand puits. Dans quel sens faut-il tourner la manivelle ?

87 Au grenier

→ Observe le dessin et réponds à la question.

Dans le grenier de la maison de vacances, Lily a trouvé une vieille caisse, elle s'imagine déjà en train de découvrir un trésor oublié… Mais dans quel sens faut-il tourner la clé pour ouvrir le verrou ? Vers la gauche ou la droite ?

Est / et, a / à

mémo

« **est** » : c'est le **verbe être** conjugué au présent, à la 3e personne du singulier.
Il peut être remplacé par sa conjugaison à l'imparfait : était

Le temps est superbe. *Le temps était superbe.*

« **et** » : c'est une **conjonction de coordination** qui peut être remplacée par un autre mot de liaison (mais, donc, car...).

« **a** » : c'est le **verbe avoir** conjugué au présent, à la 3e personne du singulier.
Il peut être remplacé par sa conjugaison à l'imparfait : avait.

Le chevalier a fière allure. *Le chevalier avait fière allure.*

« **à** » : c'est une **préposition invariable.** *Je vais à la plage.*

88 À la campagne

→ **Déchiffre le code et colorie le dessin selon les indications pour découvrir les vacances préférées de Marion.**

Le mois de juillet ● ma période préférée.
Je pars ● la campagne chez mon cousin où je peux profiter des animaux.
Son voisin ● une ferme avec des vaches, des moutons ● des chevaux

Radical et suffixe

mémo

À partir d'un mot simple, le radical, on peut former d'autres mots, appelés mots dérivés, en ajoutant un suffixe. **Le suffixe** est un élément placé **après le radical** et qui **en modifie le sens.**

Ex. :	danger + eux	dangereux	patin + oire	patinoire
	radical suffixe	mot dérivé	radical suffixe	mot dérivé

Les suffixes peuvent apporter une précision :
-**ette** : apporte la notion de diminutif (plus petit que). Ex. : une cloche / une clochette
-**able** : précise ce que l'on peut faire. Ex. : que l'on peut laver / lavable
-**eur** / -**euse** : indique souvent un métier. Ex. : qui chante / un chanteur

89 Match amical

→ **Observe bien chaque suffixe pour savoir comment colorier ces drapeaux. Tu découvriras alors quels pays s'affrontent dans le match de foot.**

-EUR (rouge) -ETTE (blanc) -ABLE (bleu) -EUSE (vert)

1. navigateur
2. maisonnette
3. danseuse
4. buvable
5. agriculteur
6. fourchette
7. fillette
8. coiffeuse
9. camionnette
10. décollable
11. perceuse
12. démontable
13. chanteur
14. trotinnette
15. boxeur

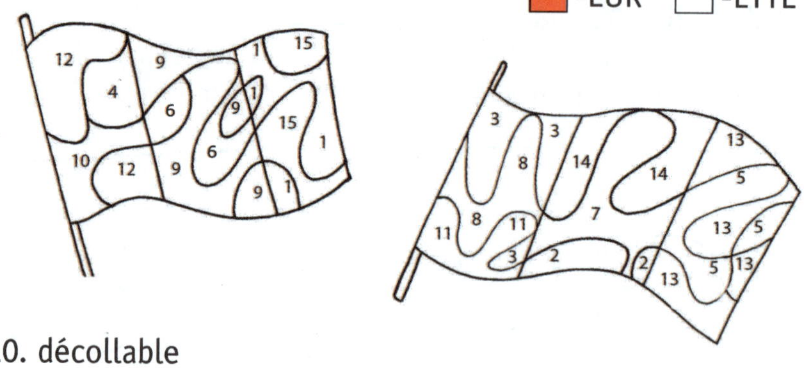

90 Coupe du monde

→ **Utilise les bonnes étiquettes pour retrouver la nationalité de chaque joueur en fonction de son pays.**

ais

ain

ien

ol

Le périmètre du carré

mémo

Le périmètre du carré **est égal à la somme des mesures de ses côtés.**
le périmètre du carré = côté x 4 ; le périmètre du carré = c x 4

91 Carrés russes

→ **Calcule le périmètre de chaque carré puis colorie en rouge ceux qui ont un périmètre supérieur à 20 et en bleu les autres.**

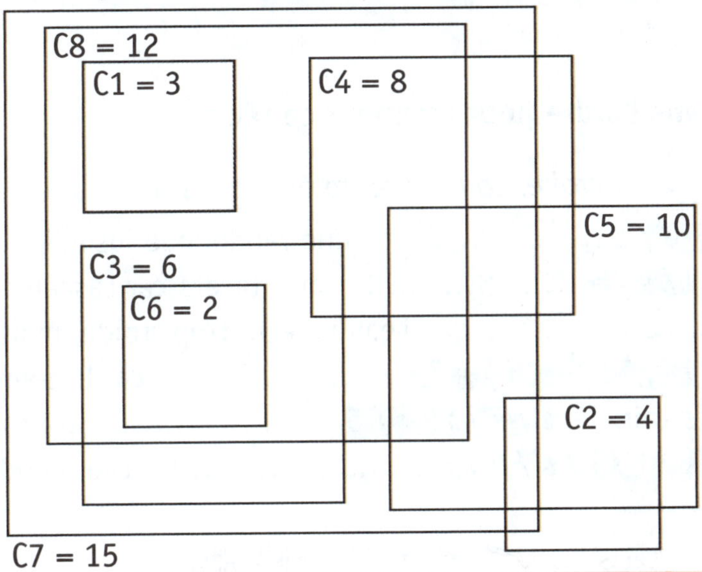

92 Côte à côte

→ **Pour chaque valeur de périmètre, retrouve la mesure du côté du carré.**

6 10 25 100 9

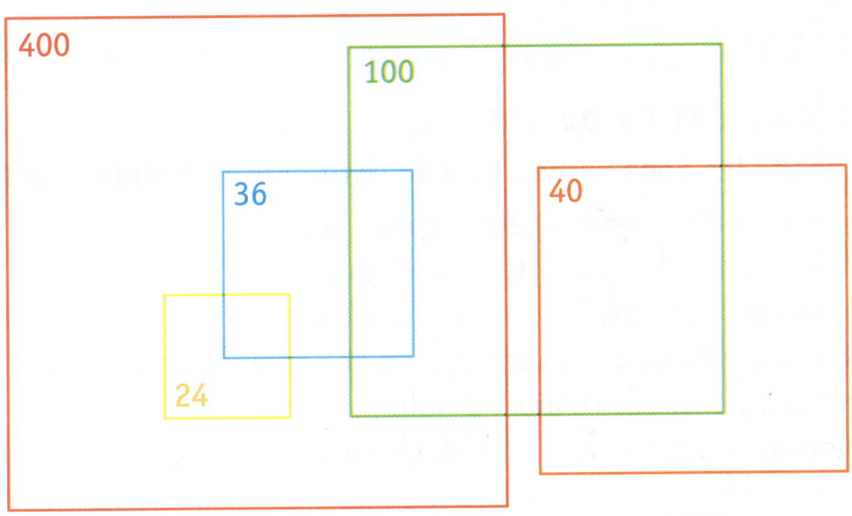

Le présent de l'indicatif des verbes du 3e groupe

mémo

Au présent, la plupart des verbes du 3e groupe ont les terminaisons suivantes : **-s -s -t -ons -ez -ent**
Les verbes en -dre comme *vendre, perdre, coudre* se terminent par : **-ds -ds -d -ons -ez -ent**
Les verbes *pouvoir, vouloir, valoir* se terminent à l'écrit par : **-x -x -t -ons -ez –ent**
Les verbes **être** et **avoir** sont des **verbes** du 3e groupe. Ils sont également utilisés comme **auxiliaires** dans les temps composés.
être : je suis, tu es, il / elle est, nous sommes, vous êtes, ils / elles sont
avoir : j'ai, tu as, il / elle a, nous avons, vous avez, ils / elles ont

93 Un bon bol d'air

→ Remets les lettres dans l'ordre pour terminer ce récit.

Indice : il faut conjuguer les verbes : dire, croire, contredire, refaire, satisfaire, faire.

Aujourd'hui, nous n / i / f / s / a / o / s .... une randonnée jusqu'à un lac de montagne. Je f / e / r / i / s / a .... mes lacets car l'ascension va être dure. Mon frère d / t / i .... que l'eau va être trop froide, mais mes parents le n / c / t / n / o / r / e / d / s / i / e / t .... car le temps est magnifique et le soleil réchauffe l'air. Je c / s / i / r / o .... tout de même que cette journée a / f / i / s / t / i / s / a / t .... tout le monde !

94 Vouloir, c'est pouvoir …

→ Choisis les bons verbes dans la liste pour compléter ces expressions.

pouvez – valent – vaut – peut – veut – pouvez

a) Mieux ...vaut... tard que jamais.
b) Quand on ...peut... on ...veut... .
c) Vous ...pouvez... conduire un cheval à l'abreuvoir, mais vous ne ...pouvez... pas l'obliger à boire.
d) Deux avis ...vaut... mieux qu'un.

La Révolution française

mémo

Après la prise de la Bastille, la Révolution est en marche. Très vite, on supprime les droits féodaux et on écrit « la Déclaration des droits de l'homme et du citoyen » ainsi qu'une Constitution lors de la séance de l'Assemblée nationale dans la salle du Jeu de paume.

Après la mort du roi, les sans-culottes dirigent le pays. Puis, c'est le Comité de salut public et Robespierre qui conduisent la République française. Suivra une période de Terreur et nombreux sont ceux qui voudront prendre le pouvoir. La France en guerre contre tous ses voisins devra son salut au général Bonaparte.

95 Vive la République !

→ **Déchiffre ce message pour connaître un événement très important.**

A	B	C	D	E	F	G	H	I	J	K	L	M	N	O	P	Q	R	S	T	U	V	W	X	Y	Z
8	19	21		4		7	1	24	11	5	2		6		10	13		15	23	9	16	18	25	17	22

2-8 26-3-17-8-9-23 4-15-23 8-19-3-2-24-4 4-23 2-8

__ ______É ___ _______ __ __

26 10-9-19-2-24-13-9-4 10-26-3-21-2-8-14 4 2-4 16-24-6-7-23

_É________ ________É_ __ _____

12-4-9-25 15-4-10-23-4-14-19-26-4 14-24-2-2-4 15-4-10-23

____ __________ ______ ____

21-4-6-23 13-9-8-23-26-4 16-24-6-7-23 12-3-9-22-4

____ _______ ______ ______

96 Figures imposantes

→ **Trouve les noms des personnages qui ont marqué la Révolution.**

PERESEORIRB ☐☐☐☐☐☐☐☐☐☐☐

TAMRA ☐☐☐☐☐

NONADT ☐☐☐☐☐☐

Comprendre les fractions

mémo

Pour comprendre les fractions, il faut commencer par identifier en combien de parts égales on a partagé l'unité. Il faut donc connaître le **Dénominateur.** Puis il faut connaître le nombre de parts que l'on prend, c'est le **Numérateur.**

$\frac{\textbf{N}\text{umérateur}}{\textbf{D}\text{énominateur}}$ ex. : un tiers s'écrit $\frac{1}{3}$

On peut additionner ou soustraire des fractions si elles ont le même dénominateur.

$\frac{6}{8}+\frac{1}{8}=\frac{6+1}{8}=\frac{7}{8}$ $\frac{4}{5}-\frac{3}{5}=\frac{4-3}{5}=\frac{1}{5}$

97 Une fraction d'hésitation

→ **Colorie le chemin qui mène à la bonne réponse.**

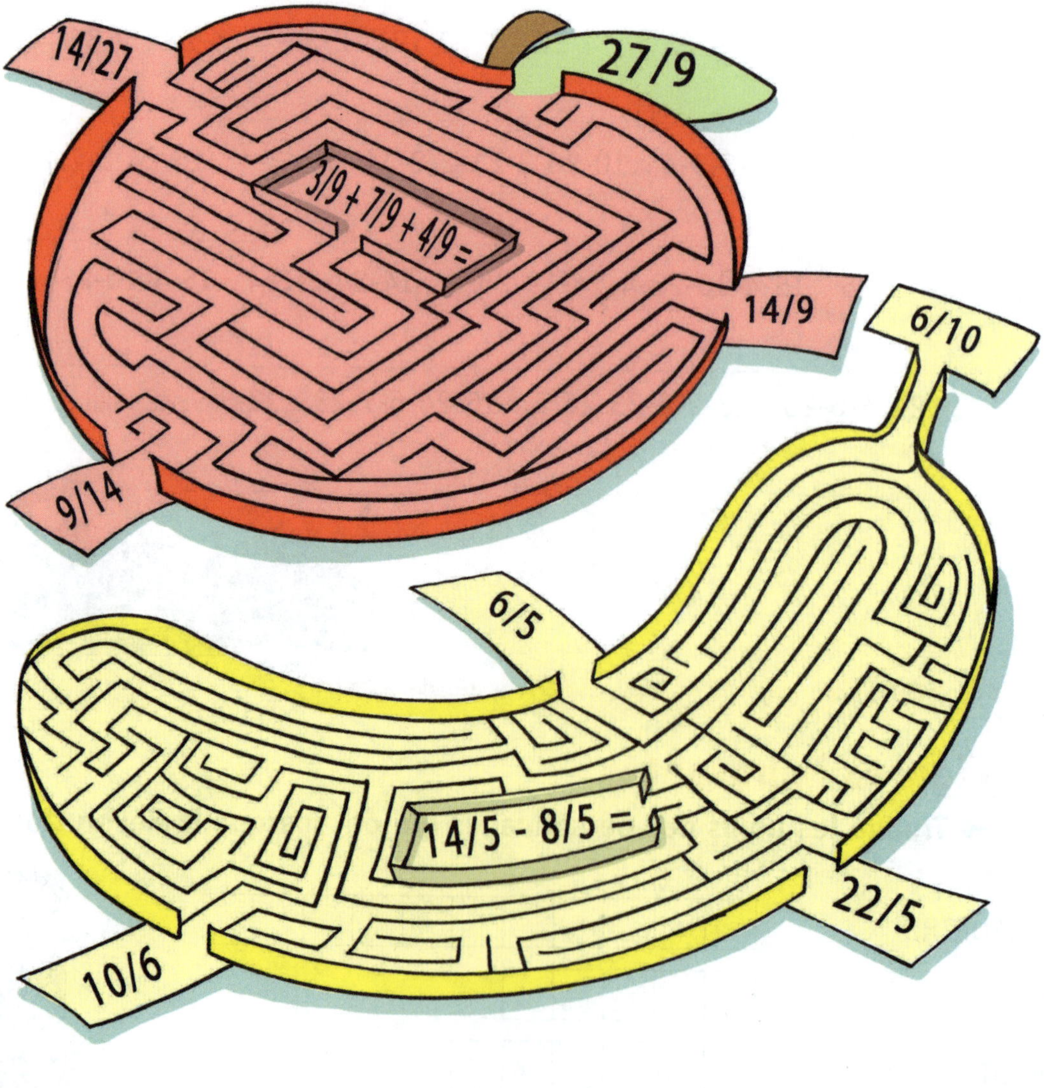

Problèmes avec les 4 opérations

mémo

Dans un même problème, on peut être amené à **effectuer les 4 opérations** (addition, soustraction, multiplication et division). Il faut **respecter l'ordre des étapes** de la résolution et **ne pas oublier les opérations intermédiaires**.

98 Sortie en mer

→ **Barre les étiquettes qui ne servent à rien pour résoudre ce problème.**

Jacquot prépare une sortie en mer de 3 jours pour 4 touristes étrangers. Il s'occupe de tous les achats. Il dépense 258 € pour l'essence du bateau par jour, 3 680 € pour la location du bateau, 590 € pour la nourriture et les boissons.

Calcule le prix de revient par personne de cette sortie en mer en sachant que Jacquot reste à terre et qu'il reçoit 120 € pour avoir organisé la sortie et que chaque participant bénéficiera d'une remise de 87 €.

258 x 3 = 774

3 680 x 3 = 11 040

5 164 ÷ 4 = 1 291

774 + 3 680 + 590 + 120 = 5 164

3 x 4 = 12

87 + 120 = 207

1 291 – 87 = 1 204

grand Jeu

Rébus

Décode le rébus pour découvrir un proverbe.

Carré maléfique

Complète les carré
Chaque ligne,
chaque colonne
et chaque carré ne
contient les chiffre
de 1 à 9 qu'une
seule fois.

			8	6	4	2	3	7
	2	4	3	9	7			8
7	3			2	5	6	9	4
			7	5	3	9	1	6
1		6	9		2	5	4	3
3	9	5	6	4		8		2
4		1				3	6	9
	8	3		1		7	2	
	6	7	5			4		1

des SORCIÈRES

Mot mystère

Remets les lettres dans l'ordre, puis reporte les lettres colorées dans les cases pour trouver le mot mystère.

GUATEBET	☐☐☐☐☐☐☐☐	SOTR	☐☐■☐
ROCDUHNA	☐☐☐☐☐■☐☐	MEULRFO	☐☐☐■☐☐☐
SOLTRIÈGE	☐■☐☐☐☐☐☐☐	GMEIQAU	☐☐■☐☐☐☐
TONPOI	☐☐☐■☐☐	REERUV	☐☐☐☐☐☐
HUCAEPA	☐☐☐☐■☐☐	HUBIO	☐■☐☐☐

■■■■■■■■

Sortilège

Un sortilège de différences en a créé 7 entre cette image et la scène. Retrouve-les.

Proportionnalité

mémo

Il y a proportionnalité entre 2 listes de nombres si on peut passer de la première à la seconde en utilisant une seule multiplication ou une seule division.

x 6	Nombre de barquettes	1	2	3	5	6	10	÷6
	nombre d'œufs	6	12	18	30	36	60	

99 Hors gabarit

→ **Barre la situation qui n'est pas proportionnelle.**

Situation A

5	6	8	10	20
25	30	40	50	100

Situation B

1	5	8	10	20
6	30	48	50	60

Situation C

1 €	5 €	6 €	8 €	10 €	12 €	15 €	20 €	30 €
2	10	12	16	20	24	30	40	60

Situation D

Quantité de sel en g contenue dans l'eau de mer						
Litres	1	2	3	5	10	15
Sel en g	35	70	105	175	350	525

100 Pour le goûter

→ **Complète la recette de ce délicieux gâteau aux chocolats.**

ingrédients	4 pers	8 pers	2 pers	1 pers
farine en g	120	240	60	30
œufs	4	8	2	1
sucre en g	150	300	75	37,5
chocolat blanc en g	20	40	10	5
chocolat noir en g	50		25	
chocolat au lait en g	30	60		
beurre en g	30			7,5

The food (la nourriture)

mémo

The food	The vegetables	The fruits
chicken	tomatoes	apple
eggs	carrots	pears
meat	beans	lemon
fish		strawberry
		banana

101 Des frites ! Des frites !

→ **Complète cette grille et tu pourras lire le nom de l'ingrédient essentiel pour faire des frites.**

102 Fruit Salad

→ **Observe bien ces ombres et essaye de découvrir les ingrédients mystère de cette délicieuse salade de fruits.**

1 banane

3 poires

1 fraise

1 pomme

1 citron

Le futur simple de l'indicatif

mémo

Au futur simple de l'indicatif, on ajoute à l'infinitif des verbes les terminaisons :
-ai -as -a -ons -ez -ont
je décollerai / tu décolleras / il décollera / nous décollerons / vous décollerez / ils décolleront
Pour les verbes du **3ᵉ groupe en -re**, on **supprime** le **e** final de l'infinitif.
je coudrai / tu coudras / il coudra / nous coudrons / vous coudrez / ils coudront
Attention, **certains verbes du 3ᵉ groupe se construisent différemment.**
je courrai / tu courras / il courra / nous courrons / vous courrez / ils courront

103 À contre-jour

→ Replace les verbes au futur en observant les ombres dans le texte.

tenir / hurler / arroser / jouer / marcher / danser

Ce couple  ..danseront.. en juin dans un concours international.

Le jardinier  ..arrosera.. les légumes du potager deux fois par semaine.

Demain, ma grand-mère  ..marchera.. jusqu'au marché.

Dans la foule, pour ne pas se perdre, ils se  ..tiendront.. la main.

Les musiciens  ..joueront.. jusqu'à la fin de la fête.

Vendredi prochain, c'est la pleine lune, les loups  hurleront.. toute la nuit.

104 Ne jamais remettre à demain…

→ Retrouve ces verbes conjugués au futur dans la grille.

AURAI
AURONS
AVERTIRAI
COURRONS
EMBRASSERAI
LIREZ
MORDRA
PARTIRONT
POURRAS
RIRA
SERAS
SEREZ
SORTIRA
TOMBERONT
TROUVEREZ

I	A	R	E	S	S	A	R	B	M	E	T
A	A	R	O	N	E	I	E	Z	R	O	N
R	R	A	I	S	A	R	R	T	M	E	O
I	D	L	I	R	E	Z	E	B	E	O	R
T	R	O	U	V	E	R	E	Z	R	E	I
R	O	A	S	N	O	R	R	U	O	C	T
E	M	S	S	P	O	U	R	R	A	S	R
V	N	E	S	N	O	R	U	A	S	T	A
A	R	I	T	R	O	S	A	R	E	S	P

Les sources d'énergie

mémo

On utilise **l'énergie** pour **chauffer, éclairer, mettre en mouvement.**

On distingue les sources d'énergie **primaires** (vent, soleil, pétrole, bois...) et **secondaires** (électricité). L'**énergie fossile :** elle se reconstitue sur une très longue durée (plusieurs millions d'années).

L'**énergie renouvelable :** elle se reconstitue rapidement (quelques années) ou est inépuisable.

L'**électricité** : source d'énergie secondaire, elle permet le stockage et le transport de l'énergie produite à partir d'une source primaire.

105 Besoin d'énergie

→ **Retrouve dans la grille tous ces mots qui se rapportent à l'énergie.**

BIOMASSE
GÉOTHERMIQUE
BOIS
HYDRAULIQUE
CENTRALE
NUCLÉAIRE
CHALEUR
PÉTROLE
CHARBON
RENOUVELABLE
ÉLECTRIQUE
SOLAIRE
SOURCE
ÉOLIENNE
URANIUM
ÉNERGIE FOSSILE
GAZ

R	E	N	O	U	V	E	L	A	B	L	E	E	R
E	S	S	U	T	E	L	O	R	T	E	P	R	U
N	E	L	E	C	T	R	I	Q	U	E	Z	I	R
N	E	U	Q	I	L	U	A	R	D	Y	H	A	U
E	N	E	R	G	I	E	F	O	S	S	I	L	E
I	N	R	N	O	B	R	A	H	C	I	J	O	L
L	O	E	S	S	A	M	O	I	B	G	O	S	A
O	M	B	T	M	U	I	N	A	R	U	A	B	H
E	U	Q	I	M	R	E	H	T	O	E	G	Z	C
C	E	N	T	R	A	L	E	E	C	R	U	O	S

Les figures planes

mémo

Formées de **lignes** droites ou courbes **fermées**, les figures planes sont des **figures géométriques** en **deux dimensions** dont **tous les points sont situés dans un même plan.**

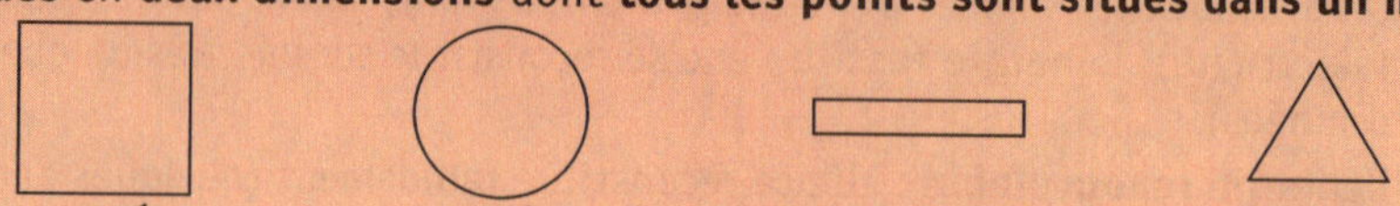

carré cercle rectangle triangle

106 Ça plane pour toi !

➜ **Quels sont les cerfs-volants qui sont des figures planes ? Colorie-les.**

107 Figures de style

➜ **Retrouve les noms des figures planes dans la grille.**

CARRÉ
CERCLE
HEXAGONE
LOSANGE
OCTOGONE
PARALLÉLOGRAMME
PENTAGONE
RECTANGLE

Y	L	H	P	O	C	T	O	G	O	N	E	D	K	L
R	R	O	M	E	N	O	G	A	X	E	H	Q	L	O
J	B	O	R	H	O	R	D	D	G	Z	J	P	X	S
K	F	C	V	W	S	B	F	F	K	Z	T	X	M	A
E	L	G	N	A	T	C	E	R	R	A	C	N	D	N
E	B	L	Q	U	P	E	N	T	A	G	O	N	E	G
P	A	R	A	L	L	É	L	O	G	R	A	M	M	E

La phrase

mémo

Une **phrase** est une succession de **mots**, dans un certain ordre, qui a un **sens**.
Une phrase commence par une **majuscule** et se termine par un **point** (… ! ? .).
Elle peut être **verbale**, si elle contient un verbe, ou **nominale**, si elle n'en contient pas.
Elle peut être **simple** si elle contient un groupe sujet et un groupe verbal ou **complexe** si elle en contient plusieurs.

108 Quel fouillis !

→ **Replace les étiquettes dans l'ordre pour reconstituer chaque phrase.**

au · lunettes · frère · mets · une · sa · chocolat · sœur · Ma · mange · sur · soleil · serviette · gaufre · Je · Mon · mes · sable · étale · le · de

....

....

....

....

....

109 Comme Robin des bois

→ **Tire une flèche et barre d'un trait les étiquettes qui ne sont pas des phrases.**

C'est dans cette armoire qu'il range ses vêtements.

Ce turbulent est très cet enfant.

Le fauve proie sa guette.

Les enfants courent dans la forêt.

Julie est une grande fille raisonnable.

Dans mon jardin de jolies fleurs.

Hier nous irons dans les bois.

La France : les grandes villes

mémo

La **population française est inégalement répartie** sur le territoire. Les 66 millions de personnes qui la composent se situent pour **2/3 dans la partie nord** du pays et pour **1/3 dans la partie sud**. Notre pays compte **plusieurs métropoles de plus de 500 000 habitants.** Les **agglomérations** qui entourent ces grandes villes comptent souvent plusieurs millions de personnes. Les **grandes villes** offrent de nombreux services et se découpent en zones (habitations, loisirs, industries, commerces).

110 Régions cachées

→ **Classe les principales villes de France dans l'ordre décroissant en fonction du nombre d'habitants.**

N°	Villes	Population (2017)
	Strasbourg	276 170
	Lyon	506 615
	Nantes	298 029
	Toulouse	466 297
	Toulon	165 584

N°	Villes	Population (2017)
	Lille	233 897
	Bordeaux	246 586
1	Paris	2 220 445
	Nice	343 895
	Aix-Marseille	858 120

111 En vrac

→ **Place le nom de ces villes sur la carte.**

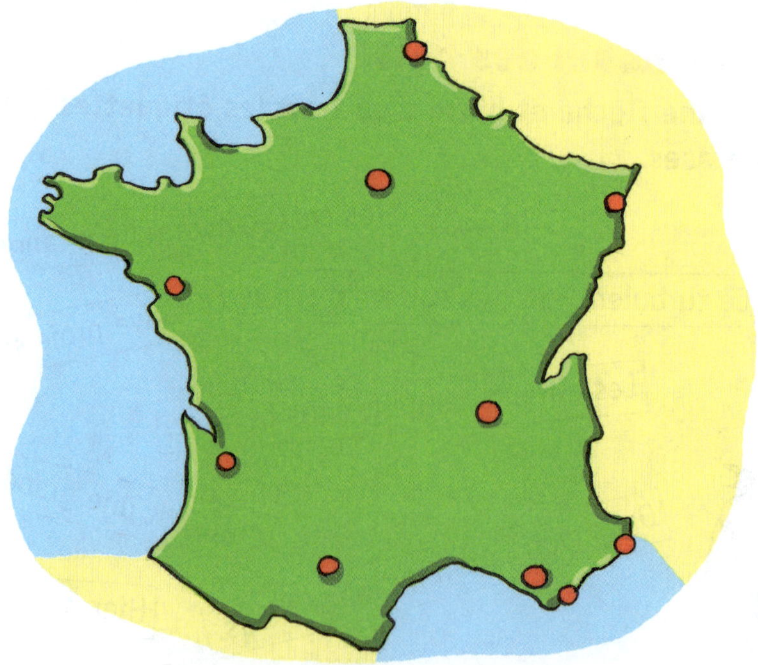

Le périmètre du rectangle

mémo

Le périmètre du rectangle **est égal à la somme des mesures de ses côtés.**
le périmètre du rectangle = **(Longueur + largeur) x 2**
le périmètre du rectangle = (L + l) x 2

112 Bagages en soute

→ **Place les mesures des valises pour qu'elles correspondent aux périmètres.**

3 + 8 | 4 + 10 | 6 + 9 | 9 + 25

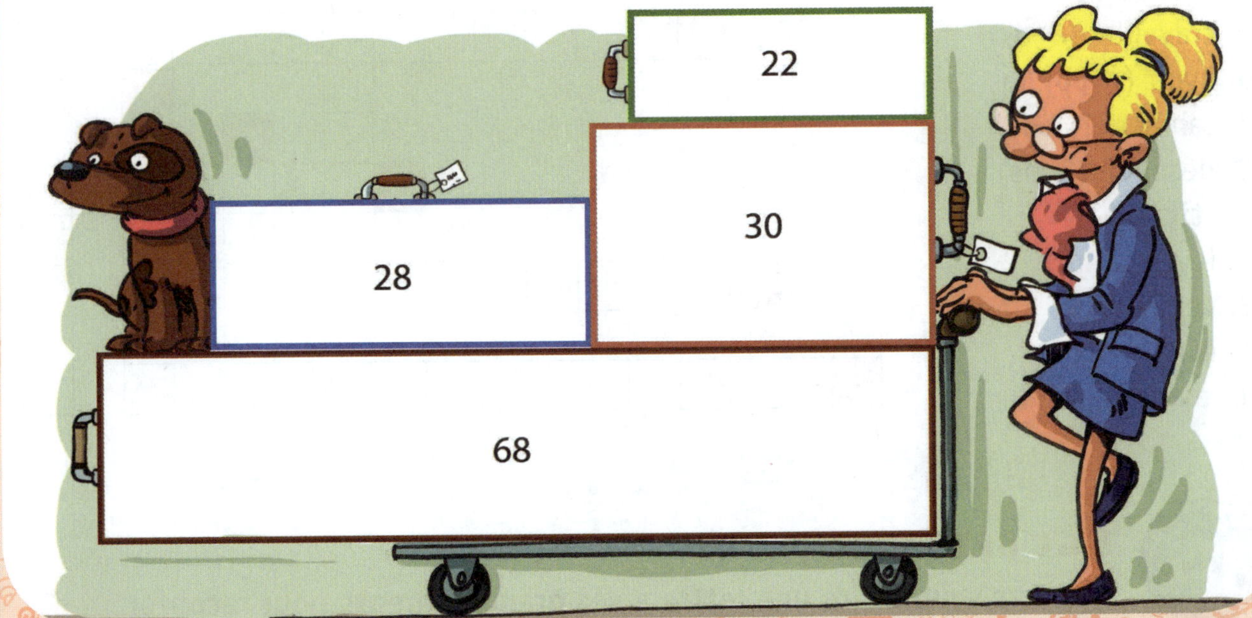

113 Étiquettes de couleurs

→ **Entoure de la même couleur les trois mesures qui permettent de construire les périmètres.**

L'imparfait de l'indicatif

mémo

L'**imparfait** de l'indicatif est un temps du **passé**, on l'utilise pour raconter une **action qui a duré**, faire une **description** ou pour parler d'une habitude du passé.

À l'imparfait, les verbes du 1er groupe ont les terminaisons suivantes : **-ais -ais -ait -ions -iez -aient**

Les verbes du 2e groupe ont les terminaisons suivantes : **-ssais -ssais -ssait -ssions -ssiez -ssaient**

Les verbes du 3e groupe ont les mêmes terminaisons que ceux du 1er groupe mais leur radical varie de façon irrégulière.

114 C'est parfait !

→ **Complète cette grille en conjuguant les verbes proposés.**

Horizontal

1. travailler (2e ps)
5. avoir (3e pp)
7. camper (1re pp)
8. désobéir (2e ps)

Vertical

2. lever (1re ps)
3. venir (3e ps)
4. être (1re pp)
6. avoir (1re ps).

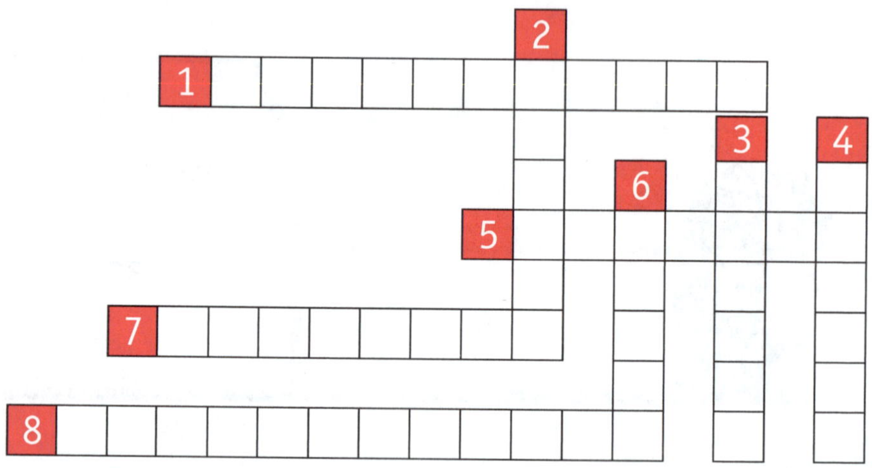

115 Parc aux loups

→ **Lucas veut écrire une lettre à ses grands-parents pour raconter sa visite au parc, mais il s'est trompé en recopiant son brouillon. Peux-tu l'aider à retrouver ses 8 erreurs ?**

Aujourd'hui, j'ai vu des loups. Il y en avait beaucoup. Il y avait même des louveteaux. Ils chahutaient et gambadaient. Leur mère les surveillait. Leur père, c'était le chef de la meute. Il était gris foncé et les autres loups lui obéissaient. Et puis un soigneur est venu les nourrir. C'était impressionnant !

Aujourd'hui, j'ai vue des loups. Il y en avaient beaucoup. Il y avait même des louvetaux. Ils chahutaient et gambadé. Leur mère les surveillé. Leur père, c'était le chef de la meute. Il était gris foncé et les autres loups lui obéissait. Et puis un soigneur et venu les nourrir. C'été impressionnant !

Numbers (les nombres)

mémo

1	one	6	six	11	eleven	16	sixteen
2	two	7	seven	12	twelve	17	seventeen
3	three	8	eight	13	thirteen	18	eighteen
4	four	9	nine	14	fourteen	19	nineteen
5	five	10	ten	15	fifteen	20	twenty

N'oublie pas : les nombres entre 13 et 19 se terminent par « teen ».

116 Visiteurs nocturnes

→ **Quelque chose a effrayé Théa et Raphaël au camping ce soir. Relie les points dans l'ordre croissant pour découvrir de quoi il s'agit.**

117 Tour de France

→ **Les cyclistes de cette équipe devaient se ranger dans l'ordre décroissant de leurs numéros, mais un des coureurs n'est pas à sa place. Le vois-tu ?**

Les fractions décimales

mémo

Une fraction décimale est une fraction dont le dénominateur est 10, 100, 1 000, etc.

ex. : $\frac{1}{10}$ un dixième $\frac{1}{100}$ un centième $\frac{1}{1\,000}$ un millième

On peut décomposer une fraction décimale sous la forme d'un nombre entier et d'une fraction plus petite que 1.

ex. : $\frac{14}{10} = \frac{10}{10} + \frac{4}{10} = 1 + \frac{4}{10}$

118 La paire décimale

→ **Colorie les paires de la même couleur.**

$\frac{461}{10}$	$53 + \frac{6}{10}$
$\frac{758}{100}$	$7 + \frac{5}{10} + \frac{8}{100}$
$\frac{536}{10}$	$6 + \frac{8}{10}$
$\frac{8\,324}{1\,000}$	$46 + \frac{1}{10}$
$\frac{983}{100}$	$8 + \frac{3}{10} + \frac{2}{100} + \frac{4}{1\,000}$
$\frac{68}{10}$	$9 + \frac{8}{10} + \frac{3}{100}$

119 Quel désordre !

→ **Remets de l'ordre dans ces fractions décimales dont on a mélangé les éléments.**

$\frac{164}{100}$ $\frac{6}{10}$ $+$ $\frac{60}{100}$ $=$ $\frac{4}{100}$ 1 $+$ $\frac{4}{100}$ $+$ $\frac{100}{100}$ $+$

$\frac{3\,579}{100}$ $+$ $\frac{70}{100}$ $+$ $\frac{500}{100}$ $\frac{9}{100}$ $+$ $\frac{3\,000}{100}$ $+$ 35 $=$ $\frac{9}{100}$ $+$ $\frac{7}{10}$

Balances et équilibres

mémo

La **balance** sert à comparer la **masse** des objets.
Il en existe de différentes sortes : électroniques, Roberval, romaine…
Les unités de masse les plus employées sont le **gramme**, le **kilogramme** et la **tonne.**
Pour peser un objet sur une balance, on le place sur un des plateaux de la balance, puis on essaie **d'équilibrer** la balance en plaçant sur l'autre plateau des masses marquées.

120 Au marché

→ Aujourd'hui Caroline a accompagné son grand-père qui vend des fruits et légumes sur le marché. Aide-la à calculer la masse de bananes que cette cliente veut acheter. ....

121 2 chevaux

→ Pierre-Loup et son père doivent transporter leurs deux chevaux dans la remorque pour aller à la campagne. Mais le père de Pierre-Loup a un doute… Sa remorque est limitée en charge à 1,2 tonne : pourront-ils les emmener ? ....

Les graphiques

mémo

On utilise les graphiques **pour regrouper des données chiffrées** et **les présenter sous une forme plus lisible.**

122 Moyens de transport

→ **Observe le graphique des principaux moyens de transport que les vacanciers empruntent pour se rendre sur leur lieu de vacances puis colorie-le et complète-le comme il convient.**

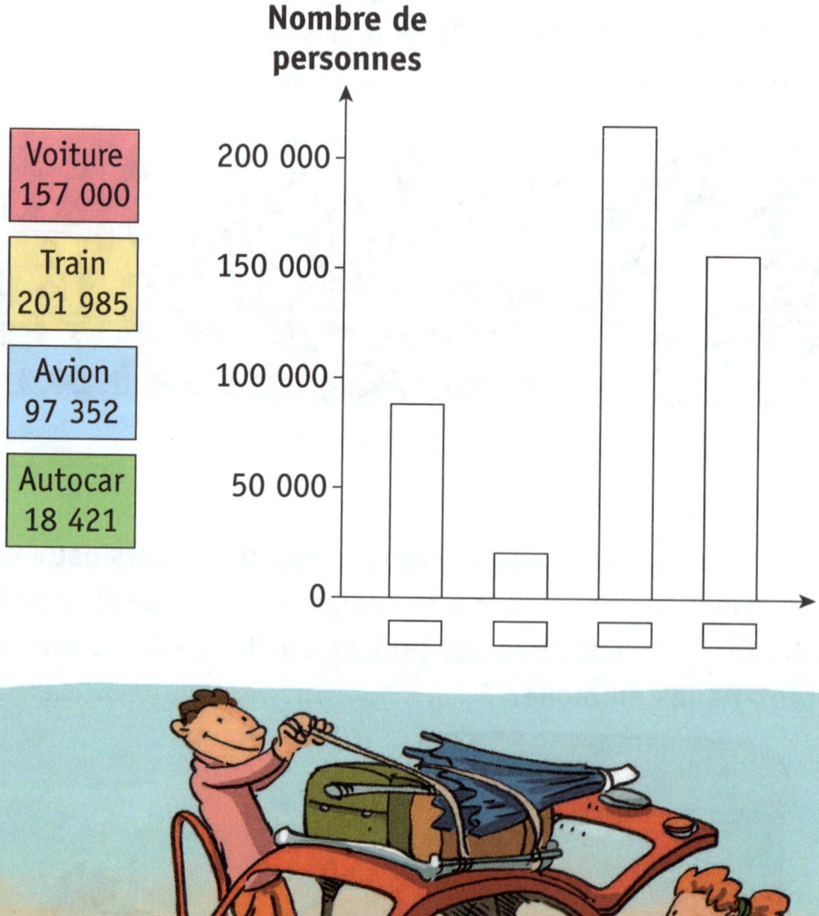

Les synonymes

mémo

Les synonymes sont des mots de **même nature** qui ont le **même sens** ou un sens très proche.

une maison *une habitation* *une demeure*

Ils permettent d'éviter les répétitions et de s'exprimer avec plus de précision.

Pour ouvrir le repas, le serveur ouvre une bonne bouteille.

Pour débuter le repas, le serveur débouche une bonne bouteille.

123 Où est la sortie ?

➜ **Traverse ces labyrinthes pour retrouver le synonyme de chaque mot.**

124 Mots jumeaux

➜ **Déchiffre les synonymes de ces mots sachant que E du train = B, F du train = C etc.**

....

....

....

Multiplication des nombres entiers

mémo

Pour calculer des produits de nombres entiers, on utilise la technique opératoire de la multiplication avec deux chiffres au multiplicateur (sans oublier les retenues).

			1	3	
			2	4	
			2	3	6
×				5	7
		1	6	5	2
(+)	1	1	8	0	.
	1	3	4	5	2

125 Glace à l'eau

→ Elio, Paulo et Grégory doivent récolter des points sur le chemin menant à la plage. Celui qui en aura le plus se verra offrir une glace par les deux autres !

126 Puzzle multi comptes

→ Place les étiquettes aux bons endroits pour valider les multiplications.

		1	2	3
×			4	5
		6	□	□
	4	□	□	0
	□	□	3	5

		4	9	6
×			5	2
		9	□	□
	□	□	8	0
	□	5	7	□	□

Étiquettes : 9 9 9 2 1 2 2 2 4 5 5 2 5

Les nombres décimaux

mémo

35,189 est un **nombre décimal**. On lit : trente-cinq virgule cent quatre-vingt-neuf.

3 5 , 1 8 9

- 35 partie entière
- 1 dixième
- 8 centièmes
- 9 millièmes

127 Le signe des vacances

➜ **Colorie selon le code.**

La partie décimale du nombre est : < 100 ; comprise entre 100 et 300 ; entre 300 et 500 ; entre 500 et 800 ; > 800

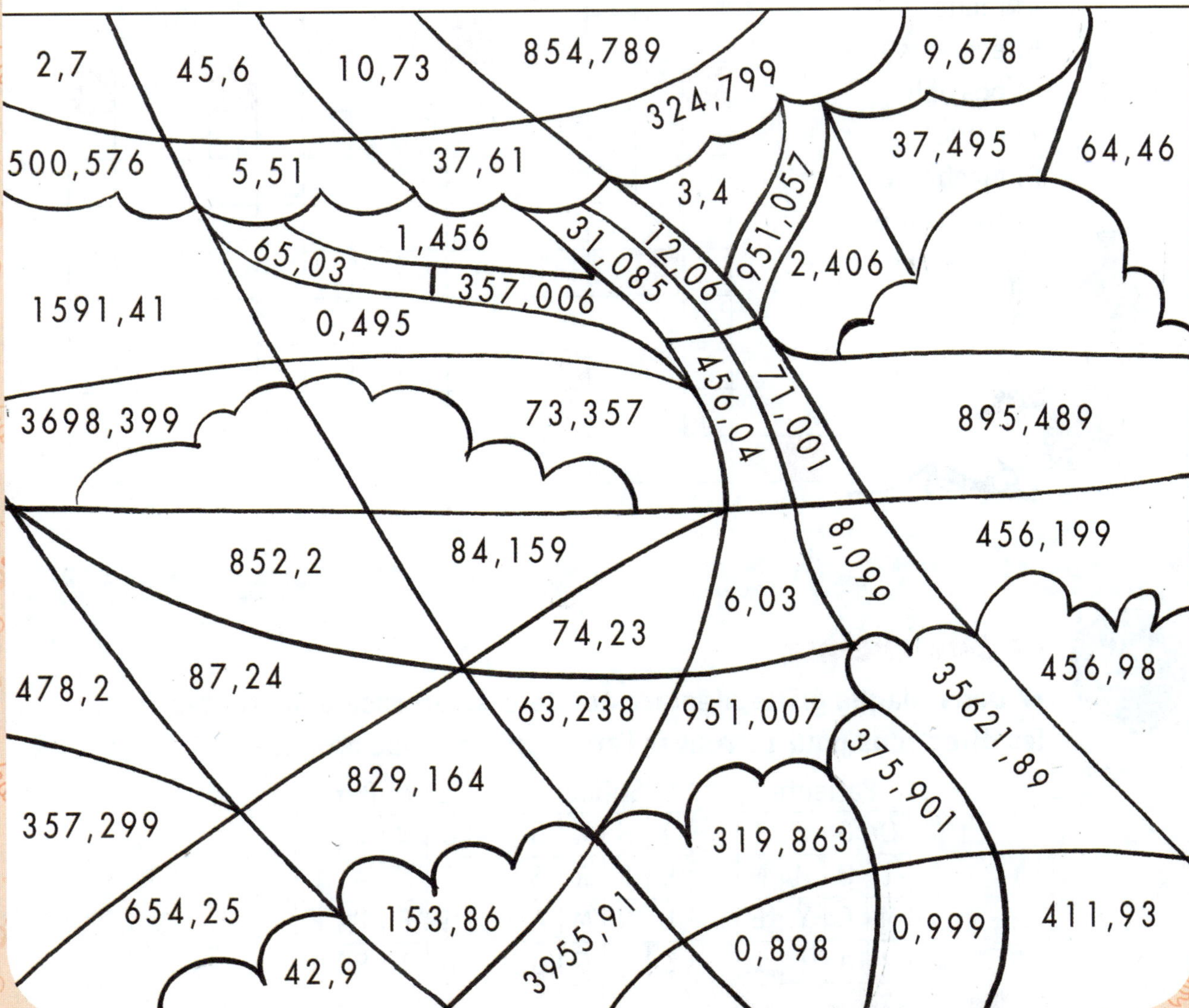

Les antonymes

mémo

Les **mots de sens contraires** ou **antonymes** sont des mots de **même nature** qui ont des **sens opposés**.

Bloqué / Débloqué *Propre / Sale*

Ils peuvent être formés à partir du même radical ou bien être complètement différents l'un de l'autre.

128 En haut… mais non, en bas !

→ **Complète la grille avec les antonymes des mots.**

1) destructible
2) salir
3) adorer
4) réelle
5) échouer
6) possible
7) haine
8) méchante
9) construire
10) qualifié

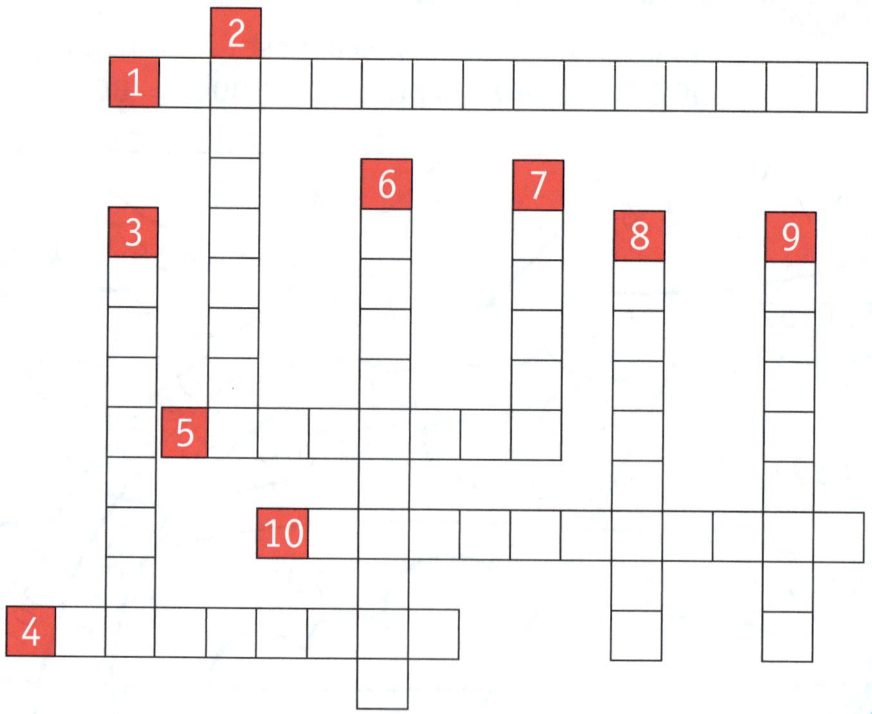

129 Le bon chemin

→ **Dans chaque grille, déplace-toi de case en case dans toutes les directions pour retrouver l'antonyme du mot proposé.**

Patiente

O	G	E	T
I	U	H	N
M	C	Y	E
P	A	T	I

Solide

J	H	L	O
E	F	R	W
L	N	M	A
C	I	G	U

Gonfler

O	N	F	O
G	X	A	L
W	E	P	E
D	I	H	R

Dégager une information implicite

mémo

Dans un texte, l'information n'est pas toujours explicitement formulée.
Il faut parfois « **lire entre les lignes** » en s'appuyant sur les **indices** présents dans le texte.

130 Élémentaire, mon cher Watson !

→ **Lis chaque texte et sélectionne la bonne réponse.**

1) La mer est houleuse. La tempête approche.
– Vite, il faut rentrer au port, pense le capitaine. Restons vigilants car nous sommes près des rochers.
Le capitaine est soulagé car il aperçoit la lumière tournante qui lui indique le chemin.

Qu'est-ce qui va guider le capitaine ?

une lampe — la Lune
un cheval — un phare

2) Assise dans un fauteuil d'orchestre, j'attends avec impatience en lisant le programme. Enfin, les trois coups retentissent. Les lumières s'éteignent. Le premier acte commence.

Où suis-je ?

chez le médecin — au théâtre — au cinéma — à l'école

3) Malvira allume les bûches de la cheminée, ouvre le placard secret, déchiffre les étiquettes des bocaux poussiéreux, recherche les mouches, la bave de crapaud, des herbes fanées et l'élixir au gingembre. Elle prépare le chaudron et relit la recette de son grimoire.

Qui est Malvira ?

une sorcière — une fée — une scientifique — une cuisinière

4) Depuis ce matin, Sonia se gratte la tête. Elle sent des picotements. Elle va voir sa maman qui examine ses cheveux et lui explique qu'elle doit faire un shampooing. Ensuite, elle devra suivre un traitement.

Qu'arrive-t-il à Sonia ? Elle a ...

la varicelle — des poux — les cheveux sales

grand jeu des

À l'attaque !

Relie ces points de 10 en 10, tu pourras alors colorier l'ennemi juré des chevaliers.

Fière allure

Observe la scène. Retrouve les 3 détails qui lui appartiennent et entoure l'intrus.

Chevaliers

Amour chevaleresque

Colorie cette scène galante.

Noble damoiselle

Observe la scène ci-dessus. Retrouve les 3 détails qui lui appartiennent et entoure l'intrus.

Nombres décimaux et fractions décimales

mémo

On associe une fraction décimale au nombre décimal qui lui correspond.

$$\frac{2\,563}{1\,000} = \frac{2\,000}{1\,000} + \frac{500}{1\,000} + \frac{60}{1\,000} + \frac{3}{1\,000}$$

$$= 2 + \frac{5}{10} + \frac{6}{100} + \frac{3}{1\,000}$$

$$= 2{,}563$$

131 Correspondance anonyme

→ **Relie en les mettant dans l'ordre toutes les étiquettes associées à chaque fraction de départ.**

$\frac{68\,325}{1\,000}$

+ | $\frac{300}{1\,000}$ | + | = | $\frac{5}{1\,000}$ | $\frac{68\,000}{1\,000}$ | $\frac{5}{1\,000}$ | $\frac{3}{10}$ | 68 | = | $\frac{20}{1\,000}$ | + | + | 68,325 | + | $\frac{2}{100}$ | + | =

$\frac{35\,286}{1\,000}$

$\frac{6}{1\,000}$ | + | + | 35,286 | + | $\frac{200}{1\,000}$ | 35 | $\frac{80}{1\,000}$ | + | $\frac{6}{1\,000}$ | = | $\frac{35\,000}{1\,000}$ | = | $\frac{2}{10}$ | + | + | $\frac{8}{100}$ | =

132 Le couple parfait

→ **Reconstitue les couples fraction décimale et nombre décimal correspondant en reliant les blocs.**

67,951 | $\frac{647}{100}$ | 7,731 | $\frac{7\,731}{1\,000}$ | $\frac{825}{1\,000}$ | 6,47 | $\frac{67\,951}{1\,000}$ | 0,825

Napoléon Bonaparte

mémo

Bonaparte est un **général** très apprécié par ses soldats (les grognards). Il parvient rapidement au sommet de l'État et prend le pouvoir par un **coup d'État en 1799**. Il sera sacré **Empereur** (sous le nom de **Napoléon Ier**) **en 1804** et imposera à la France un **régime autoritaire**. Il **modernise le pays** et crée : le code civil, les lycées, les préfets…

133 À la bonne date

→ **Relie chaque événement de la vie de Napoléon Bonaparte au bon dessin.**

(F)

(A)

(B)

1793 : il est nommé général suite à la victoire sur les Anglais à Toulon.
1795 : il sauve la République contre les royalistes et obtient le commandement d'une armée.
1796-1797 : il mène la campagne d'Italie.
1798 : l'expédition d'Égypte qu'il dirige est un échec.
1799 : il réalise un coup d'État et prend le pouvoir. C'est la fin de la Révolution.
1804 : le 2 décembre, il est sacré Empereur.

(C)

(E)

(D)

La France : paysages ruraux

mémo

Par opposition aux paysages urbains (ceux des villes), les paysages ruraux sont ceux que l'on rencontre à la **campagne.** Pour la plupart, ils ont été redessinés et aménagés par la main de l'homme. Ce sont surtout des **paysages agricoles** composés de cultures et d'élevages. Il reste peu de paysages naturels (non-transformés par l'homme) en France.

134 Itinéraire bis

→ **Barre celui qui n'est pas un paysage rural.**

A

B

C

D

135 Plein champ

→ **Relie chaque définition au dessin correspondant.**

1) Grands champs ouverts de formes géométriques pour la culture des céréales.
2) Petits champs pour les cultures des serres, vergers, vignes.
3) Petits champs fermés dédiés à l'élevage.

openfield

cultures délicates

bocage

Phrase nominale / phrase verbale

mémo

Une **phrase** est une suite de **mots** qui a un **sens**, qui commence par une **majuscule** et se termine par un **point**.

La phrase **nominale** ne contient **pas de verbe** conjugué. *Bravo le champion !*

La phrase **verbale** contient **un ou plusieurs verbes**. *Le rapace guette sa proie.*

136 Quel fouillis !

→ **Colorie les cases contenant des phrases verbales en rouge et laisse celles contenant des phrases nominales en blanc. Tu découvriras le drapeau d'un pays frontalier de la France.**

Elle boit de l'eau.	Son vélo est cassé.	Je taille mon crayon.	La pluie ne s'arrête plus.	Le feu s'éteint.
Veux-tu te baigner ?	J'enfile mes palmes.	Un beau match.	Le chat miaule doucement.	L'eau est froide.
Le déjeuner est prêt.	Vous fermez les fenêtres.	Bonjour à tous.	Le bébé pleure.	Elle ouvre une canette.
Le linge sèche au soleil.	Attention danger.	Quel gâchis !	Bon courage	Je me suis coupé.
J'ai perdu mon chien.	Nous sommes fatigués.	Trop tard.	Les étoiles brillent.	Elle mange une crêpe.
Le soleil se couche.	Je n'ai pas de chance.	Voici mes parents.	Tes chaussures sont sales.	Le match peut commencer.
Où est ma raquette ?	Il plonge dans l'eau.	Le repas est terminé.	Ses lunettes sont cassées.	Ton bain est chaud.

137 Rébus

→ **Déchiffre ce rébus pour définir la phrase verbale.**

....

Les homonymes

mémo

On appelle homonymes des **mots qui se prononcent de la même façon** mais qui n'ont **pas le même sens**. Les homonymes peuvent avoir la même orthographe ou bien s'écrire différemment.

Un ver de terre passe derrière ce verre tout vert.

Pour les reconnaître, il faut faire attention au sens du mot.

138 Qui se ressemble s'assemble

→ **Entoure les homonymes d'une même couleur.**

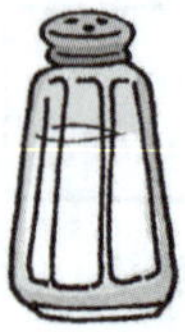

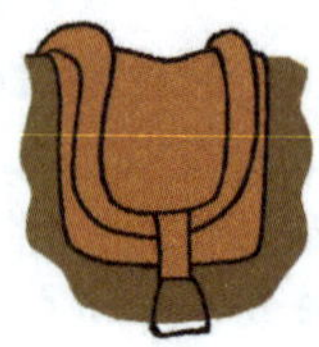

139 Mister Croco

→ **Complète chaque phrase pour découvrir comment colorier Mister Croco.**

■ fer ■ comte ■ faire ■ conte

1. La grille du château est en .... forgé.
2. La bibliothécaire lit un .... aux élèves.
3. Le .... de Monte-Cristo est un livre d'Alexandre Dumas.
4. Il faut .... de gros efforts pour avoir de bons résultats.

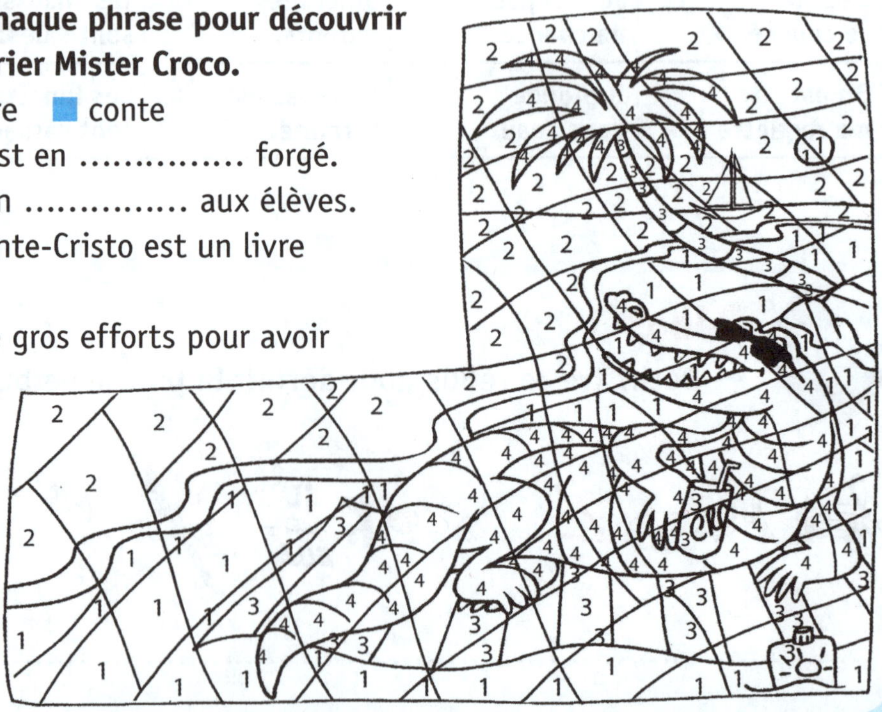

L'eau, une ressource précieuse

mémo

L'eau que nous utilisons tous les jours **provient de la nature.** Elle est **nettoyée dans des usines** de traitement pour devenir **potable**, elle peut alors être bue sans danger pour la santé.
Nous salissons et parfois **nous polluons les eaux que nous utilisons.** Ces **eaux usées** que nous rejetons doivent de nouveau être traitées.
L'eau potable n'est pas inépuisable, il faut l'économiser, c'est une ressource précieuse.

140 La chasse au gaspillage

→ **Zoé a pris conscience que nous gaspillons trop d'eau. Elle veut faire des efforts pour réduire la consommation d'eau de sa famille au quotidien. Aide-la à identifier et classer par ordre décroissant les 4 activités qui consomment le plus d'eau.**

Le verbe et les personnes

mémo

Le **verbe** est le mot qui **varie** dans une phrase **selon les personnes**.
Le verbe est le mot de la phrase qui **indique l'action faite** (ou subie) par le sujet ou l'état dans lequel il se trouve.
Le verbe **s'accorde avec son sujet**, il se conjugue différemment selon que le sujet est singulier ou pluriel et selon le temps employé dans la phrase.

Je mange *Nous mangeons* *Elles mangent*

141 Message chiffré

→ **Déchiffre les pronoms sachant que A = 0, B = 1 etc. Puis associe-les aux phrases dans lesquelles ils peuvent remplacer les sujets.**

8 / 11	•	•	Les nuages remplissent l'horizon.
21 / 14 / 20 / 18	•	•	Mon voisin sonne à la porte.
4 / 11 / 11 / 4 / 18	•	•	Julie et moi allons voir un film au cinéma.
8 / 11 / 18	•	•	Papa et toi réparez ton ancien vélo.
13 / 14 / 20 /18	•	•	Nina et Justine préparent un magnifique gâteau.

142 Le dernier mot

→ **Utilise chaque mot de la liste pour compléter ces phrases.**

êtes préparions cuisine rejoins
joueront adores

Hier, nous .... nos valises.
Aujourd'hui, je ....
mon cousin à la piscine.
Mes frères .... un match très important le week-end prochain.
Léa et toi .... vraiment les meilleures amies du monde.
Tu .... manger des glaces italiennes.
Ma mère .... un gâteau au chocolat pour le goûter.

L'accord du verbe avec le sujet

mémo

Le **verbe** s'accorde toujours en **nombre** (singulier ou pluriel) et en **personne** (1re, 2e, 3e) avec son sujet.

Le chat miaule sur le tapis. *Les chats miaulent sur le tapis.*

Un verbe qui a plusieurs sujets se met au pluriel.

Sarah, Manon et Judith sautent à la corde dans la cour.

Plusieurs verbes peuvent avoir le même sujet. Chacun des verbes s'accorde alors avec le sujet.

143 C'est chaud !

→ **Colorie toutes les cases contenant un sujet singulier en jaune et celles contenant un sujet pluriel en bleu. Tu pourras alors lire un mot mystère.**

il	une glace	je	des parasols	il	le ciel	un chat	des fleurs	elle	ton cousin	la voiture
le chien	les pommes	ils	tes amies	les vacances	on	des gâteaux	les glaçons	maman	des enfants	leurs vélos
la mer	elle	tu	les enfants	des cris	mon frère	tes sandales	nous	la montagne	tu	ta sœur
on	les filles	vous	toi et moi	des crabes	un nuage	mes photos	ces bateaux	un ami	mes parents	les garçons
une vague	tu	le soleil	des lunettes	mes palmes	je	elles	mon frère et ma sœur	papa	on	elle

144 Ombres chinoises

→ **Observe bien la terminaison de chaque verbe pour identifier le sujet parmi les ombres puis complète les trous.**

A – Sur l'arbre mûrissent ....

B – Après être entrés dans le chapiteau, ... arrivent sur la piste.

C – On entendit un hennissement puis .... sauta au-dessus de la barrière.

D – .... monta dans les airs et subit les assauts du vent.

Le rectangle

mémo

Le **rectangle** est un quadrilatère avec ses côtés opposés de même longueur et parallèles, et 4 angles droits.
Le grand côté est sa longueur et le petit sa largeur.

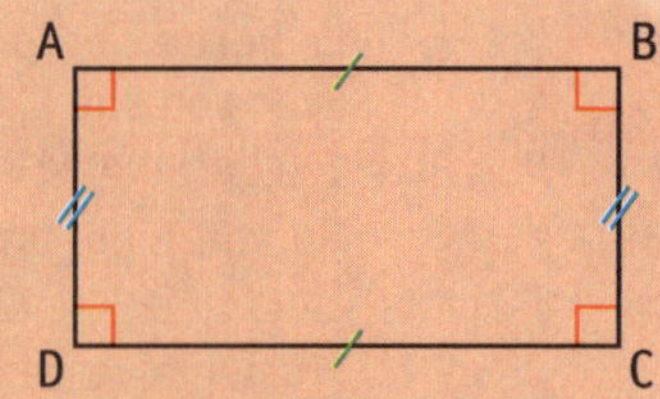

145 Le mur de briques

→ **Place chaque rectangle au bon endroit du puzzle.**

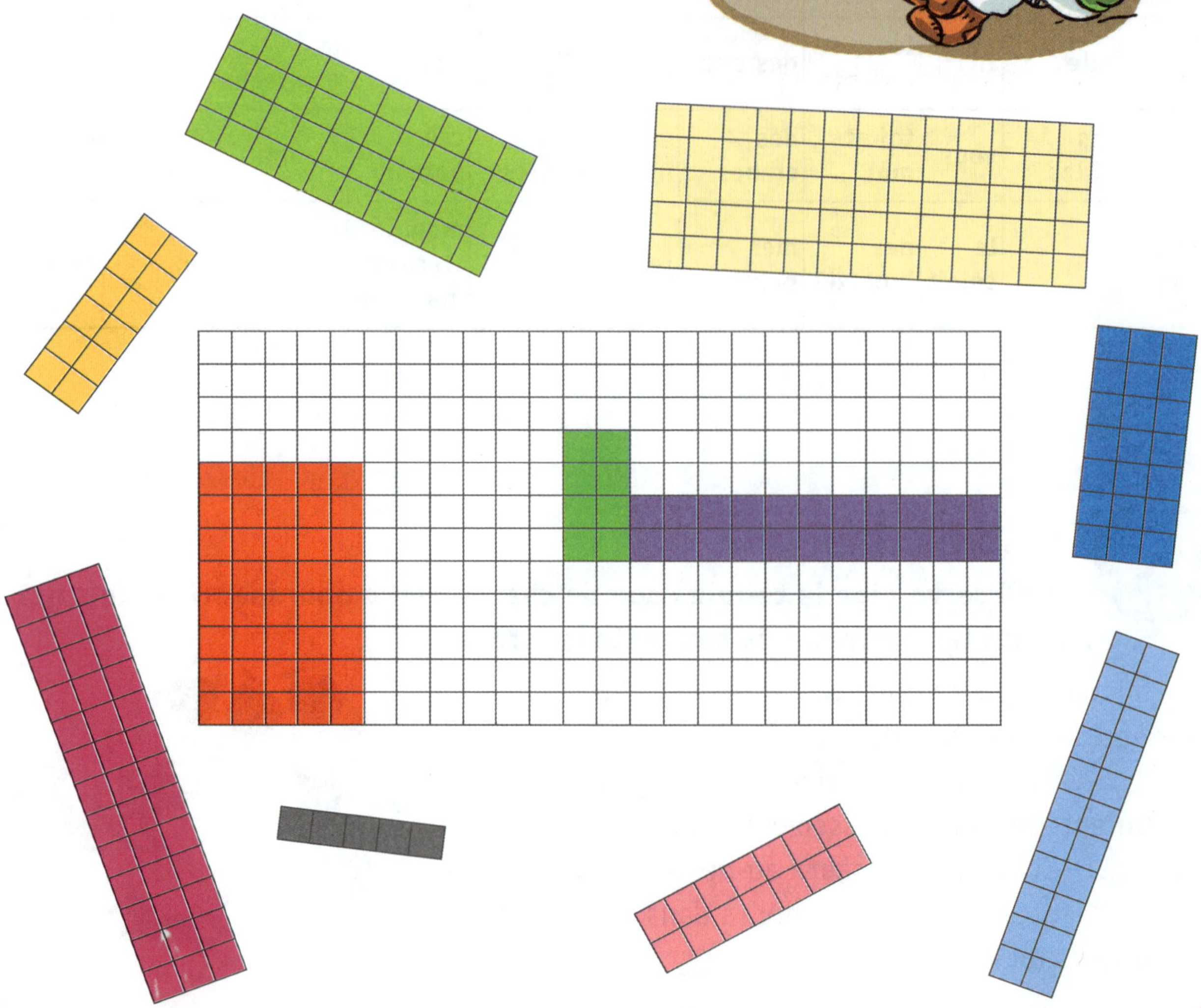

Le carré

mémo

Le **carré** est un **quadrilatère avec 4 côtés égaux**, 4 angles droits et dont les côtés opposés sont parallèles.

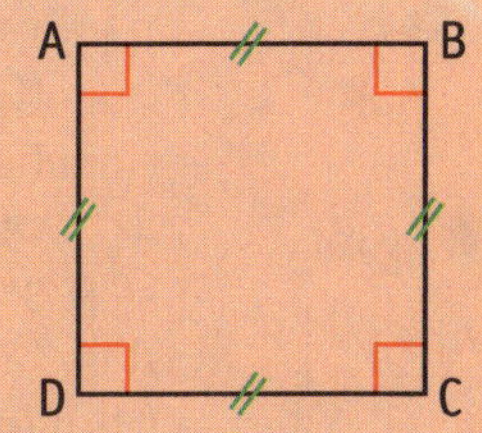

146 Attention les yeux

→ **Compte tous les carrés de cette figure.**

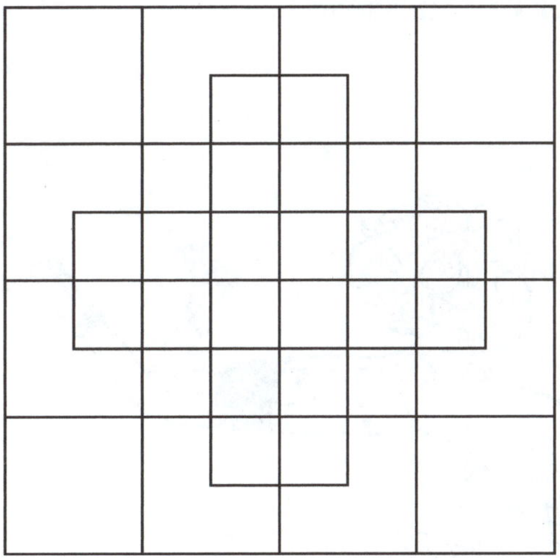

147 Carré caché

→ **Trace un carré qui passe par les traits de couleur sans toucher le personnage.**

ces / ses ; mes / mais

mémo

Il ne faut pas confondre ces (**déterminant démonstratif**) qui peut être remplacé au singulier par **ce**, **cet** ou **cette** et ses (**déterminant possessif**) qui peut être remplacé au singulier par **son** ou **sa**.

Ces *crayons ne sont pas les siens, il les a rangés dans* ***ses*** *poches.*

Ce *crayon n'est pas le sien, il l'a rangé dans* ***sa*** *poche.*

Il ne faut pas confondre mes (**déterminant possessif**) qui peut être remplacé au singulier par **mon** ou **ma** et mais (**conjonction de coordination**) qui marque une **opposition**.

Cette histoire me rend triste, ***mais*** *heureusement* ***mes*** *amis sont toujours là pour me soutenir.*

Cette histoire me rend triste ***cependant,*** ***mon*** *ami est toujours là pour me soutenir.*

148 Labyphrases

→ **Prends le bon chemin pour compléter ces phrases.**

L'Empire

mémo

Avec sa Grande armée, Napoléon a conquis une grande partie de l'Europe. Il a ainsi pu servir l'idéal révolutionnaire, mais aussi son ambition personnelle et sa soif de pouvoir. Il a mené et gagné de nombreuses guerres. En 1815, il essuie sa première grande défaite, Waterloo, qui marque le déclin de l'Empire.

149 En mieux ?

→ Place le nom des batailles napoléoniennes pour en connaître les dates.

Marengo – Ulm – Trafalgar – Austerlitz – Iéna – Friedland – Wagram – Russie – Leipzig – Waterloo

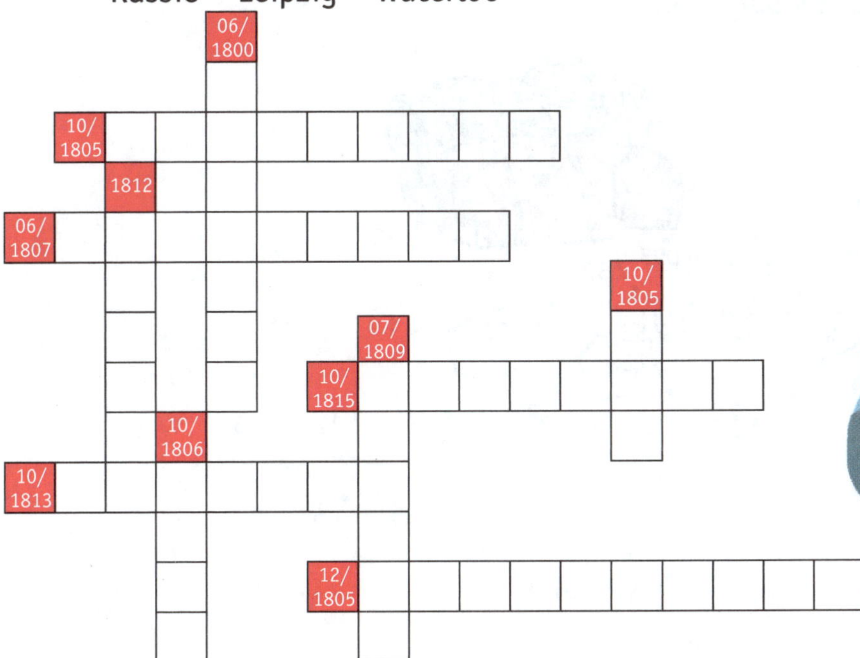

150 100 jours

→ Barre les mots du texte dans la grille puis entoure les lettres restantes pour connaître le nom de l'île sur laquelle mourut Napoléon.

Après la campagne de France, le pays est envahi par les armées étrangères et Napoléon doit abdiquer. Il est exilé sur l'île d'Elbe en Méditerranée d'où il s'échappe. Après cent jours, il sera envoyé en exil définitif sur une île du Pacifique.

E	E	N	A	R	R	E	T	I	D	E	M
X	S	A	B	A	R	M	E	E	S	I	N
I	T	E	D	E	B	L	E	D	E	L	I
L	L	H	I	E	F	R	A	N	C	E	H
E	I	L	Q	E	P	P	A	H	C	E	A
E	X	E	U	Q	I	F	I	C	A	P	V
N	E	C	E	N	T	J	O	U	R	S	N
E	E	T	R	A	N	G	E	R	E	S	E

Comparer les nombres décimaux

mémo

On commence par comparer les parties entières : le nombre qui a la plus grande est donc le plus grand.
ex. : 2,69 < 67,1 car 2 < 67

Si la partie entière est la même, alors, on compare ensuite les parties décimales en commençant par les dixièmes puis les centièmes, les millièmes et ainsi de suite.
ex. : 3,4 < 3,5 ; 4,23 < 4,28 ; 7,961 < 7,968

151 Excédent de bagages !

→ **Relie du plus petit nombre vers le plus grand et tu découvriras qui transporte les bagages.**

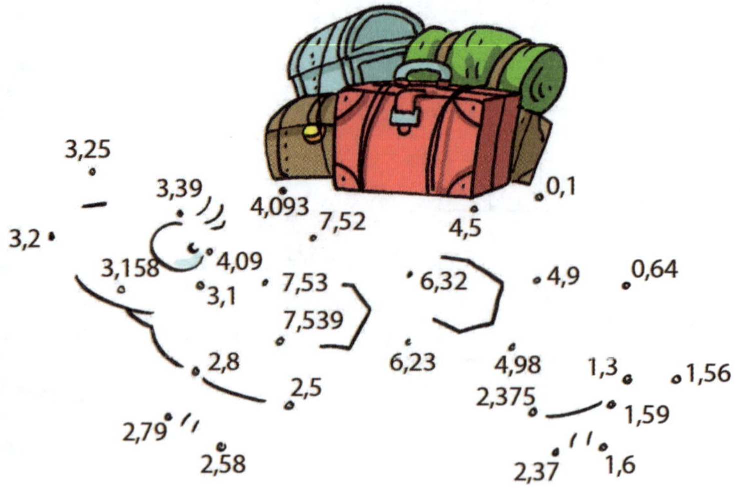

152 Français moyen

→ **Pour trouver l'âge moyen de tous les habitants de la France en 2017, suis les consignes.**

- barre les nombres < 40
- barre les nombres qui ont trois chiffres dans leur partie décimale
- barre les nombres > 41
- barre ceux qui ont plus que 8 comme chiffre des dixièmes
- barre les nombres qui ont deux chiffres dans leur partie décimale
- barre ceux qui ont moins que 7 comme chiffre des dixièmes.

41,1	40,8	40,6	197,9	18,1
40,685	40,798	42,95	40,86	78,8
29,7	40,951	40,9	39,9	40,52
40,654	40,2	64,78	93,214	58,8
87,8	6 458,8	34,8	40,321	8,8

Ces / C'est / Ses

mémo

« ces » : est un **adjectif démonstratif** pluriel.
Si je transforme la phrase au singulier, je peux le remplacer par : ce, cet, cette.

« c'est » : est une contraction de « cela est » qui utilise le **verbe être** au présent.
Si je transforme la phrase à l'imparfait, je peux le remplacer par « c'était ».

« ses » : est un **adjectif possessif** pluriel.
Si je transforme la phrase au singulier, je peux le remplacer par : sa, son.

153 Comme on dit !

→ **Sauras-tu retrouver ce proverbe bien connu ?**

154 Qui dit quoi ?

→ **Complète les paroles de chaque personnage.**

Mesures de périmètres

mémo

Pour mesurer le **périmètre** d'une figure, on utilise les formules suivantes :
- périmètre du carré = côté x 4 soit c x 4
- périmètre du rectangle = (Longueur + largeur) x 2 soit (L + l) x 2

Le périmètre du polygone, lui, est égal à la somme des mesures de ses côtés.

155 Plouf !

→ **M. Alodepluy veut acheter la plus grande piscine du magasin. Relie chacune d'elles à la valeur de son périmètre puis écris le nom de celle qu'il achètera.** ....

32 30 24 32 28 34

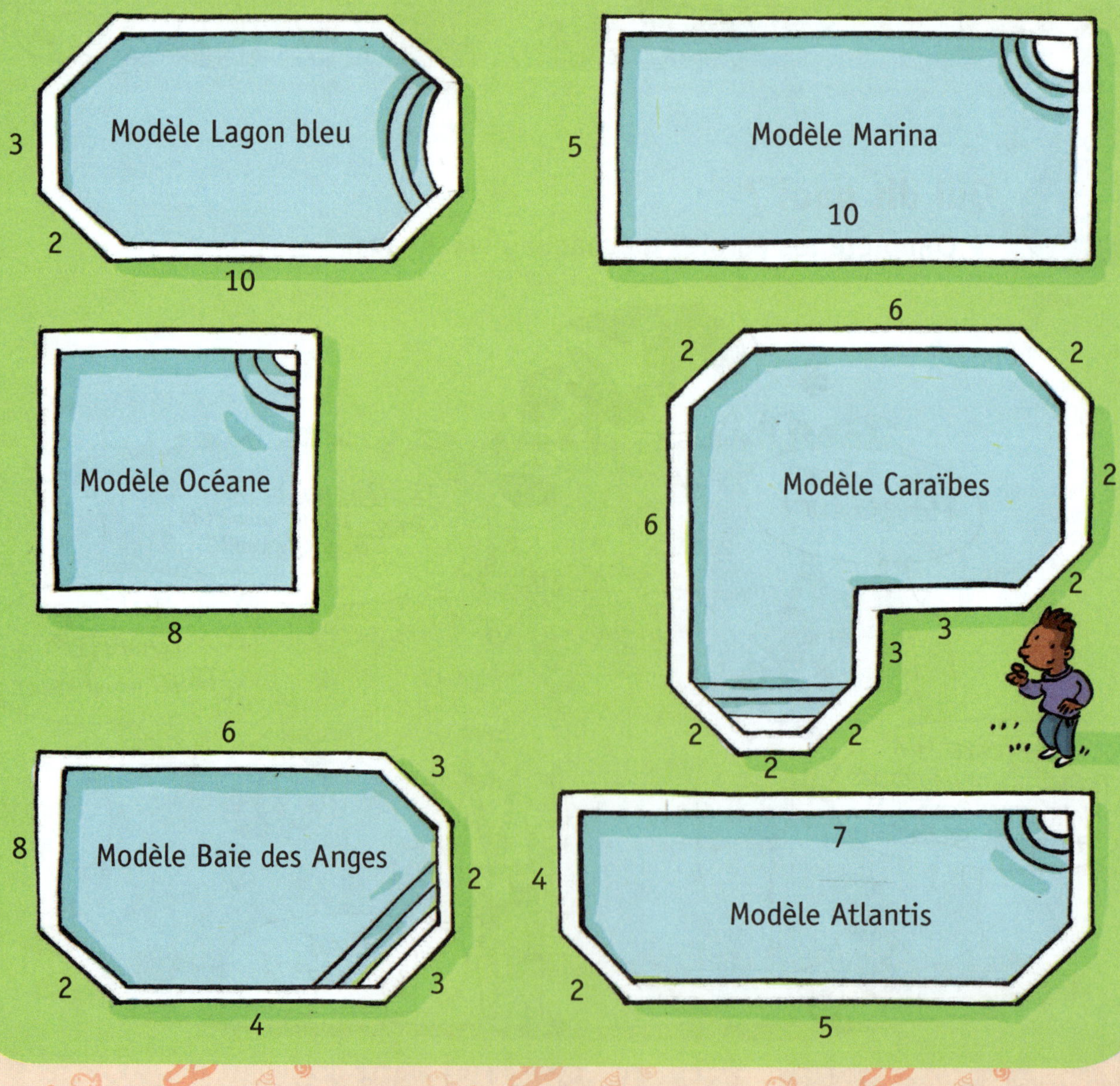

La France et l'Europe

mémo

L'Union européenne est composée de 27 États (en 2016, les Britanniques ont voté pour la sortie du Royaume-Uni de l'Union européenne) et Bruxelles en est la capitale. La circulation des biens et des personnes se fait librement à l'intérieur de ses frontières. L'euro est la monnaie de l'Union européenne qui est devenue la 2e puissance industrielle au monde et l'un des principaux centres du commerce mondial.

156 Drapeaux

→ **Écris, pour chaque drapeau, le nom du pays de l'Union européenne qu'il représente en t'aidant de la carte.**

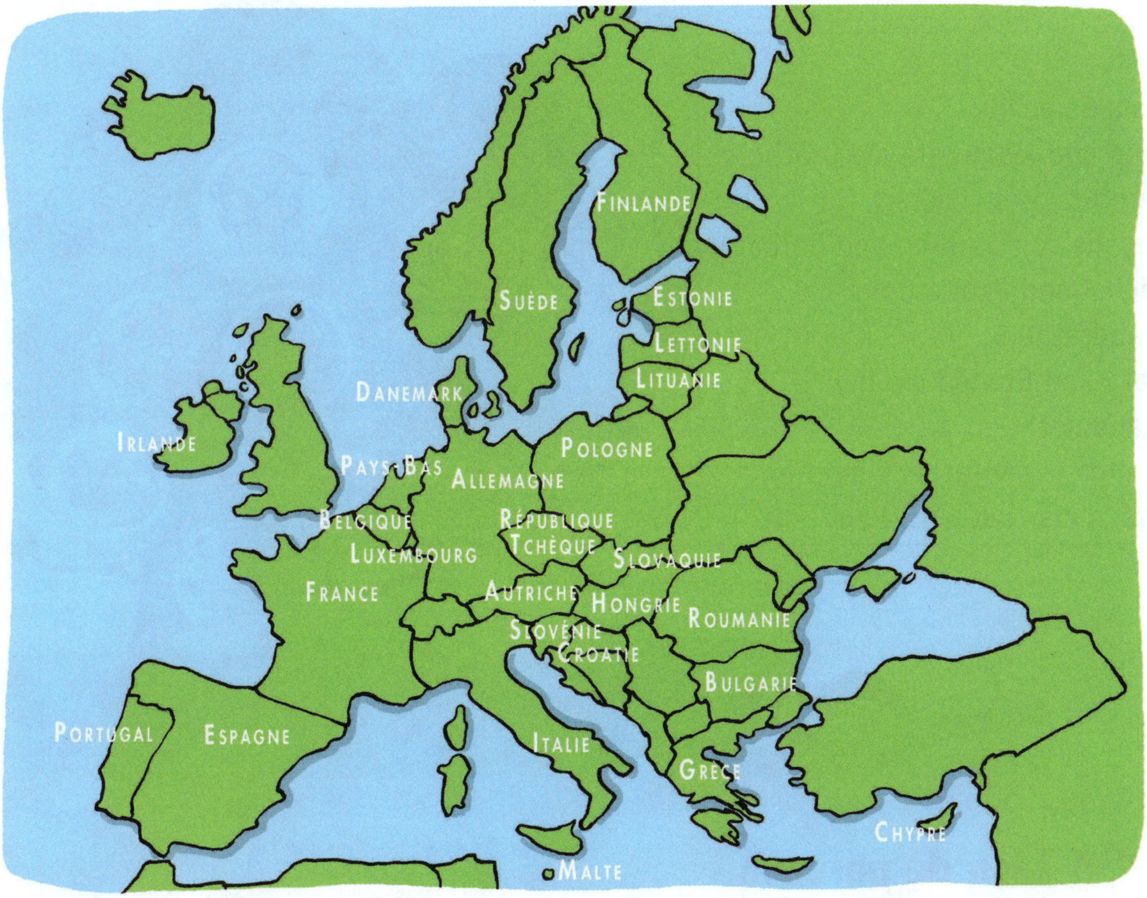

The family (la famille)

mémo

père **father**	grand-père **grandfather**	fils **son**	frère **brother**
mère **mother**	grand-mère **grandmother**	fille **daughter**	sœur **sister**

Papa se dit Daddy ou Dad. Maman se dit Mummy ou Mum.

157 Une grande famille

→ **Lis la lettre de Samuel, le correspondant anglais de Nicolas, puis complète l'arbre généalogique à l'aide des informations données.**

Hello,
I am Samuel.
Greg and Kylian are my brothers.
Veronica is my sister.
I'm the son of John and Barbara.
Michel and Paul are my grandfathers.
Mary and Brenda are my grandmothers.
Brenda is my father's mother.
She is married with Paul.

158 Lien de parenté

→ **Remets les lettres dans le bon ordre pour reconstituer les mots. Tu trouveras le lien de parenté entre ces deux filles.**

HEMORT ☐☐☐(2)☐☐☐(4)

NOS ☐(1)☐☐

DUTHERGA ☐☐☐☐☐☐☐(3)☐

☐(1) I ☐(1)☐(2)☐(3)☐(4)

Le retour à la royauté

mémo

Après la chute de Napoléon Ier, **les frères du roi Louis XVI** reviennent au pouvoir : c'est la Restauration. **Louis XVIII** régnera **de 1814 à 1824** et son frère **Charles X** de **1824 à 1830.** La Restauration est une période de monarchie constitutionnelle où le roi a des **pouvoirs limités** par la **Constitution.**

159 Encore une révolution !

➜ **Le peuple se révolte encore contre le roi ! Trouve le nom de cette révolution qui dura 3 jours.**

Mon premier n'est pas beau.
Mon deuxième est un chiffre qui est le tiers de 9.
Mon troisième est le 1er son du mot gâteau.
On gagne mon quatrième lors d'une tombola.
Mon cinquième est l'aliment principal en Asie.
On ne fait pas d'omelette sans mon sixième.
Mon septième est le son de la dernière lettre de l'alphabet.
....

160 Restauration rapide

➜ **Réponds par vrai ou faux.**

La Restauration dure de 1814 à 1830.
Louis XVIII impose la monarchie absolue.
La Restauration est une monarchie constitutionnelle.
Charles X est le frère de Louis XVIII.
Charles X règne de 1814 à 1830.
Louis XVI est l'oncle de Louis XVIII.
Charles X met fin à la liberté de la presse.
Les Parisiens dressent des barricades dans les rues de Paris.

Les aires

mémo

L'aire d'une figure c'est la surface qu'occupe cette figure.
Pour connaître l'aire d'une figure, on peut compter le nombre d'unités d'aires.
soit 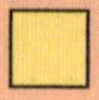 l'unité de mesure ; la mesure de l'aire de cette figure 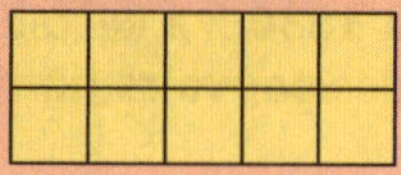 est de 10.

161 Une figure qui ne manque pas d'aire !

→ **Colorie l'aire de chaque figure et donne sa mesure.**

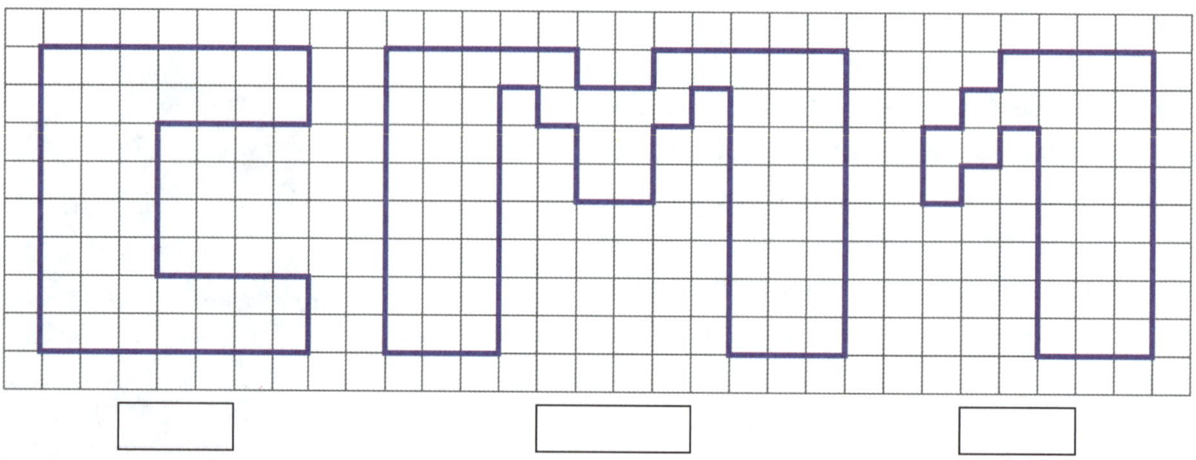

162 L'air(e) en bouteille !

→ **Reproduis sur le quadrillage une figure qui a la même aire que le modèle mais qui n'a pas la même forme.**

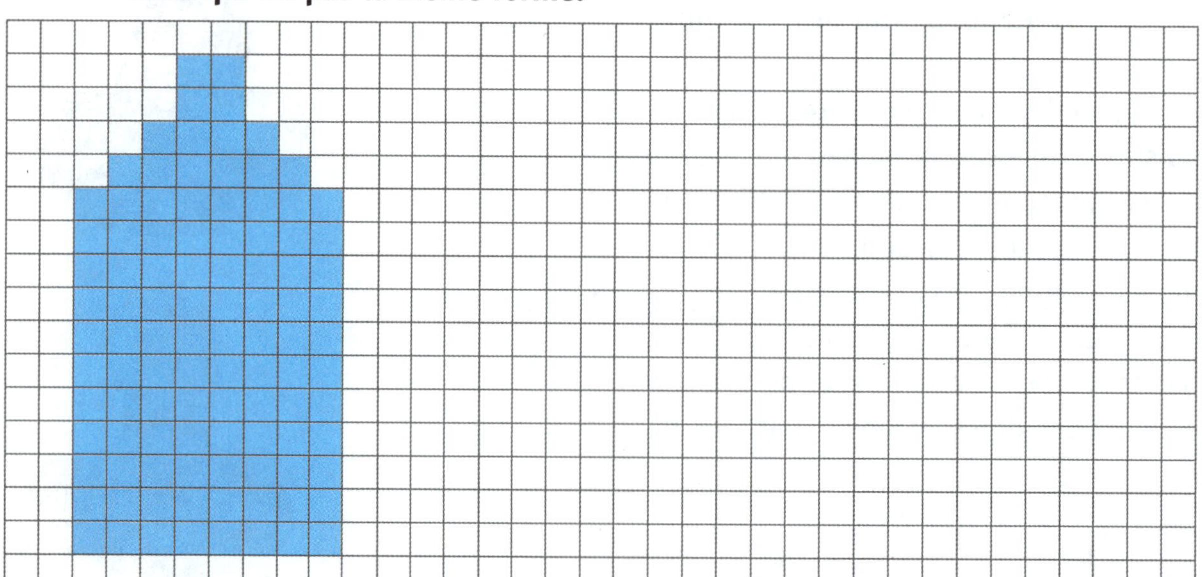

Addition des nombres décimaux

mémo

Pour effectuer une addition avec des nombres décimaux, il faut **aligner les virgules** sous les virgules et s'assurer que **les chiffres de la partie décimale** sont aussi **bien alignés**.
On peut aussi ajouter des zéros pour se faciliter le calcul.

```
     3 6 , 2 4
   1 5 9 , 0 9
+      8 , 1 0
--------------
   2 0 3 , 4 3
```

163 Coup de vent

→ **Recompose les additions qui ont été mélangées suite à la bourrasque.**

```
+ 6 2 , 3 1 9
-------------

+
-------------
  1 2 9 , 2 9 6

+
+
-------------
```

164 Le bon petit somme

→ **Entoure l'opération dont la somme est la suivante.**

– Il y a 3 chiffres après la virgule.
– Le chiffre 6 est dans la partie décimale.
– Le chiffre des dizaines de mille est inférieur à 2.

```
    8 4 7 , 5
  1 0 8 8 , 7 1
+ 3 1 0 6 , 1 5 6
-----------------
 .......... , ........

  2 3 2 9 , 9
+ 5 0 2 6 , 5 1
-----------------
 .......... , .....

  1 0 0 1 , 8 2
    8 8 1 , 8
+ 9 1 4 2 , 2 5 9
-----------------
 .......... , ........

  6 8 4 8 , 4 5 6
  3 6 2 3 , 2 9
+ 7 4 1 1 , 9
-----------------
 .......... , ........
```

GRAND JEU

Rébus

Déchiffre ce rébus et tu découvriras un proverbe.

Charades

Mon premier est à base de fruits frais.
Mon deuxième est un article au masculin singulier.
Mon troisième est un nombre à deux chiffres dont le total fait 7.
Mon quatrième peut être martial.
Mon tout est un empereur romain.

Mon premier est un article défini masculin singulier.
Mon deuxième est une note de musique.
Mon troisième est une plante aromatique du sud de la France.
Mon tout est la langue que parlaient les Romains.

Mon premier est un article défini féminin singulier.
Mon deuxième n'est pas beau.
Mon troisième est la 10e lettre de l'alphabet.
Mon quatrième est un homophone de « ont ».
Mon cinquième est la capitale de l'Italie.
Mon sixième est à l'opposé de l'amour !
Mon tout est le nom de l'armée de Jules César.

Au carré

Aide ce légionnaire à rejoindre son camp retranché.

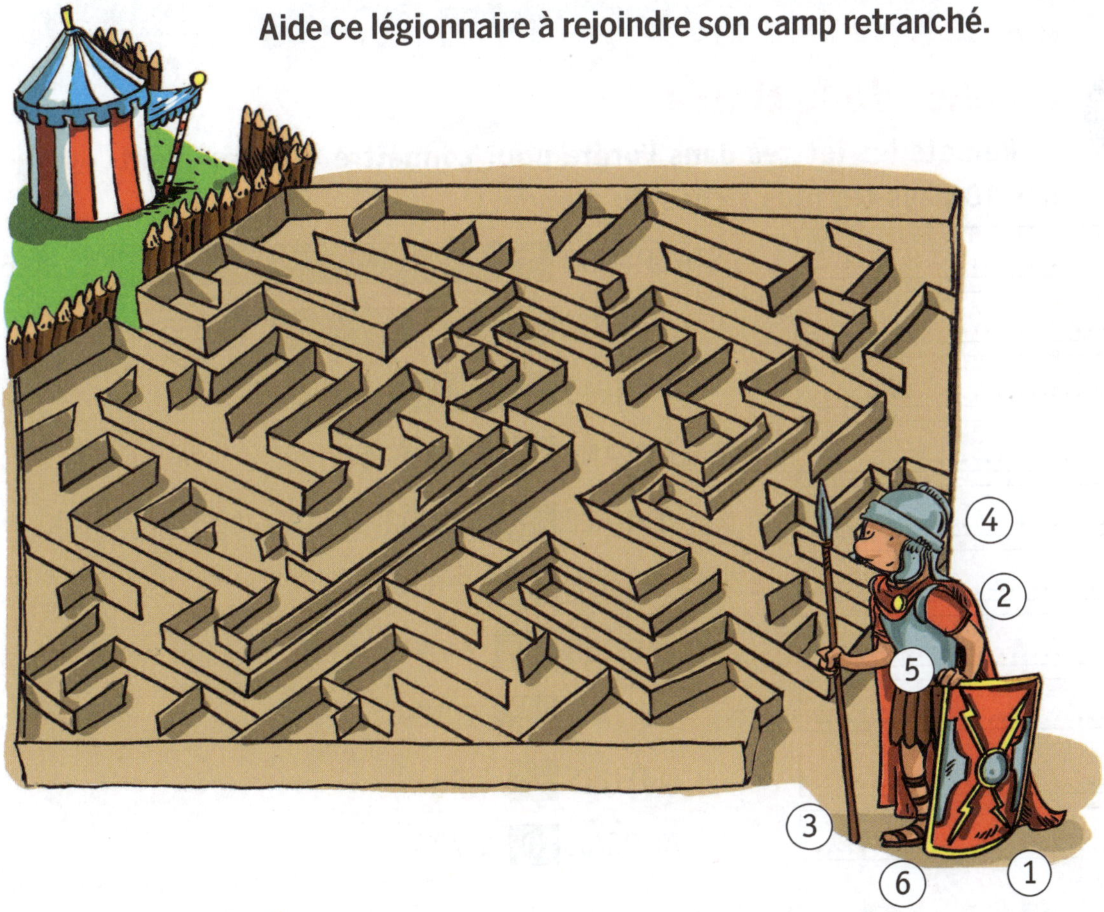

Mon légionnaire !

Retrouve les mots qui légendent le dessin.

1) BIELOURC ....
2) ENQUITU ....
3) NACEL ....
4) CUESAQ ....
5) RECSISUA ....
6) NADSAEL ....

La France dans le monde

mémo

La France tient **une place très importante sur la scène internationale** autant économique que politique. Elle est au premier rang mondial pour aider les pays dans le besoin, elle envoie ses soldats pour **aider à maintenir la paix dans le monde** et des organismes français (**ONG**) distribuent médicaments, soins et nourriture. La France est aussi la troisième **puissance maritime** du monde et la cinquième au regard de son **Produit Intérieur Brut** (valeur totale de tous les biens et services produits dans un pays en une année). Culturellement, la France est un modèle dans le monde car c'est le **pays des droits de l'homme**, de la **gastronomie**, des grands **artistes** et des **sciences**.

165 Premier de la classe

→ **Remets les lettres dans l'ordre pour connaître le classement des 10 pays les plus riches du monde.**

....	STAÉT-IUSN	1er	17 416
....	NEHIC	2e	10 355
....	ONPAJ	3e	4 770
....	EALMGLANE	4e	3 820
....	ERNAFC	5e	2 902
....	EYUARMO-IUN	6e	2 848
....	RÉSLIB	7e	2 244
....	ELIATI	8e	2 129
....	SIEURS	9e	2 057
....	ANDCAA	10e	1 794

PIB en 2014, en milliards de dollars. Source FMI.

166 Meilleures ventes

→ **Découvre les plus grosses ventes internationales de la France.**

Mon premier est une portion.
Mon deuxième est le dernier mot d'une histoire.
Mon tout est un liquide odorant fait à base de plantes.

Mon premier n'est pas beau.
Mon deuxième est 2 x 10.
Mon tout vient de la vigne.

Ranger les nombres décimaux

mémo

Pour ordonner des nombres décimaux, on commence par **comparer les parties entières.** S'ils ont la même partie entière, on compare **la partie décimale** en commençant par les dixièmes puis les centièmes et enfin les millièmes.

On peut ranger les nombres dans l'**ordre croissant** (du plus petit vers le plus grand) 1,3 - 2,5 - 2,8 ou dans l'**ordre décroissant** (du plus grand vers le plus petit) 6,298 - 6,26 - 6,1 - 6,01.

167 Poème en or

→ **Pour découvrir le poème de pirate qui se cache dans cette bouteille à la mer, range dans l'ordre croissant les nombres qui sont dans les étiquettes.**

- 26,4 BOUTEILLE
- 116,53 MON
- 53,87 MISÈRE
- 100,059 REGARDÉ
- 100,005 J'AI
- 40,6 TRÉSOR
- 104,56 LA
- 116,9 A
- 26,485 VERRE
- 58,961 FLOTS
- 40,006 SECRET
- 116,4 ET
- 116,99 COULÉ
- 35,1 CACHÉ
- 26,9 J'AI
- 109,54 LUNE
- 58,96 LES
- 38,951 MON
- 26,34 CETTE
- 26,48 EN
- 58,9 SOUS
- 46,02 DE
- 26,3 DANS
- 58,968 DÉMONTÉS
- 40,06 MON
- 116,75 RÊVE

Le passé, le présent, le futur

mémo

Une action peut se dérouler à différents moments : au passé, au présent ou au futur.

Les différentes actions peuvent être placées sur une **flèche chronologique** ce qui permet de les situer les unes par rapport aux autres.

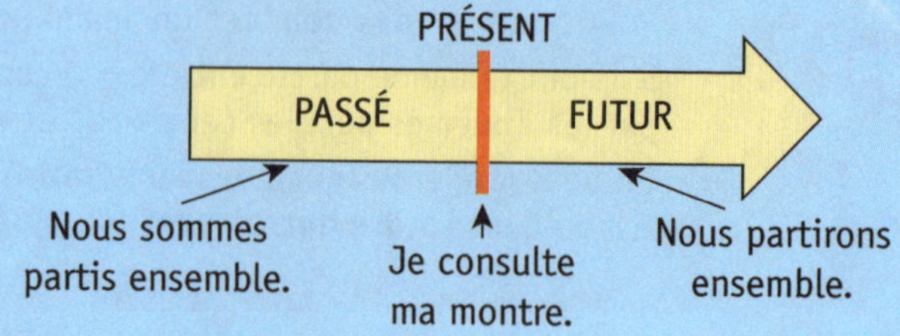

Le verbe indique, par le **temps utilisé**, si l'action est passée, présente ou future.

On peut prendre des **indices dans la phrase** : *hier, l'année dernière, aujourd'hui, actuellement, demain, plus tard...*

168 Une ambiance électrique

→ **Complète ces phrases avec les expressions de temps suivantes.**

De nos jours | Autrefois | L'été dernier | La semaine prochaine

...., nous visiterons des éoliennes.

...., on s'éclairait à la bougie.

...., on utilise l'électricité produite par des centrales.

...., mon voisin a installé des panneaux solaires.

169 Sauver la planète

→ **Observe bien les verbes puis remets ces morceaux dans l'ordre chronologique en les numérotant de 1 à 5 pour comprendre comment sauver notre planète.**

A De nombreuses personnes entreprennent des actions pour lutter contre le gaspillage et la pollution.

B Avec les efforts de chacun, notre planète continuera de faire vivre les générations futures.

C Aujourd'hui, la protection de l'environnement devient nécessaire.

D Non seulement ce n'est pas le cas mais en plus, des actions de l'homme ont abîmé notre planète.

E Pendant longtemps, on a cru que les ressources naturelles de la Terre étaient inépuisables.

Les déchets

mémo

Afin qu'ils puissent être recyclés, il faut trier tous nos déchets :

La poubelle marron de compost : les déchets végétaux.

La poubelle verte : le verre.

La poubelle jaune : les emballages en carton, plastique et métal.

La poubelle bleue : le papier.

La poubelle noire : le reste des déchets.

Attention, il existe des bacs spéciaux pour certains médicaments (pharmacie), les piles (magasin d'électroménager), les produits toxiques (déchetterie).

170 Le bon tri

→ **Aide Maxence à jeter les déchets dans les poubelles qui conviennent.**

171 Avoir l'œil

→ **Barre les logos qui n'ont aucun lien avec la notion de développement durable.**

alu

Papier recyclé

ACIER RECYCLABLE

La ponctuation

mémo

- **.** **Le point** marque la fin d'une phrase déclarative ou impérative.
- **,** **La virgule** marque une pause courte dans une phrase.
- **;** **Le point-virgule** marque une pause longue dans une phrase.
- **:** **Les deux-points** annoncent une énumération ou le début d'un dialogue.
- **...** **Les trois points de suspension** laissent imaginer une suite, indiquent que tout n'est pas dit.
- **?** **Le point d'interrogation** marque la fin d'une phrase interrogative, pose une question.
- **!** **Le point d'exclamation** marque la fin d'une phrase exclamative ou impérative.
- **« »** **Les guillemets** s'utilisent pour rapporter les paroles d'un dialogue.

172 Ce soir dans votre ville !

→ **Chaque signe de ponctuation a été remplacé par une forme géométrique. Observe bien ce texte puis entoure les bonnes réponses.**

Les forains montent le chapiteau et installent les gradins▲
Bientôt★ce sera l'heure de la représentation▲
Nous nous y rendrons pour admirer les numéros de trapézistes★des funambules et des dompteurs▲
Mais surtout ce que ma sœur attend avec impatience★ce sont les clowns aux yeux pétillants de malice▲
▮ Leurs pitreries et leurs acrobaties me font tellement rire ●▮ me dit-elle▲

Le nombre de « point » est : 5 / 6 / 7
Le nombre de « virgule » est : 1 / 2 / 3
Le nombre de « point d'exclamation » est : 1 / 2 / 3
Le nombre de « guillemets » est : 0 / 1 / 2

Reproduction de figures sur un quadrillage

mémo

Reproduire une figure, c'est la **copier à l'identique en conservant le même nombre de carreaux** pour toutes les mesures.

Pour réussir il faut les bons outils : une règle, une équerre, une gomme et un crayon.

173 Au poil près

→ **Entoure la bonne reproduction et reproduis à ton tour le modèle.**

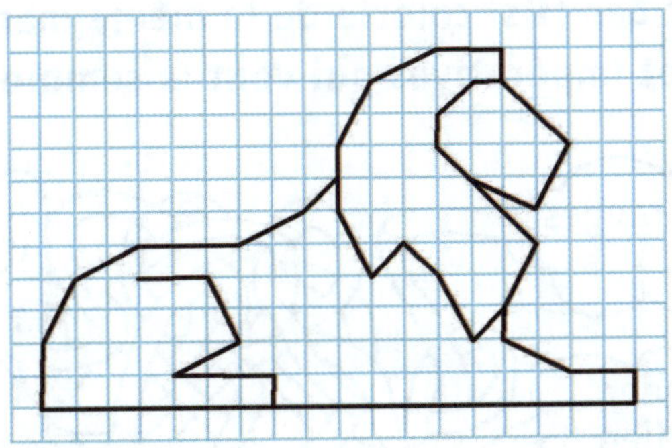

①

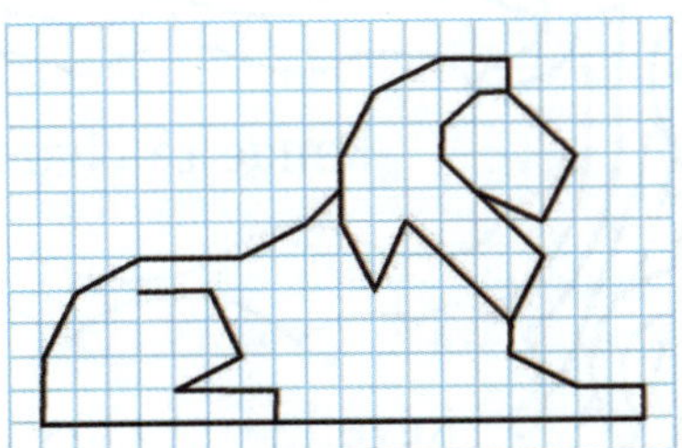

②

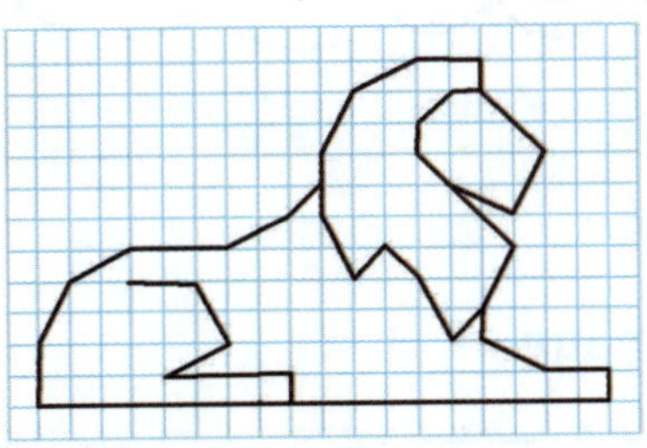

③

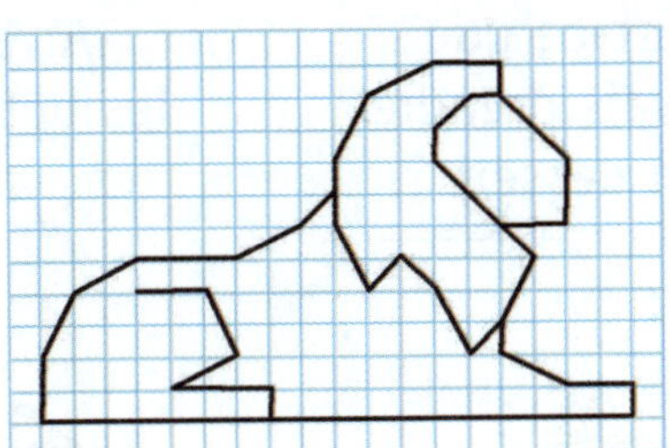

④

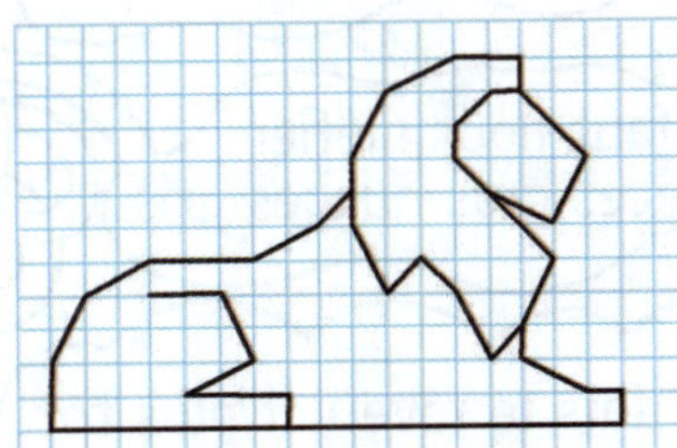

⑤

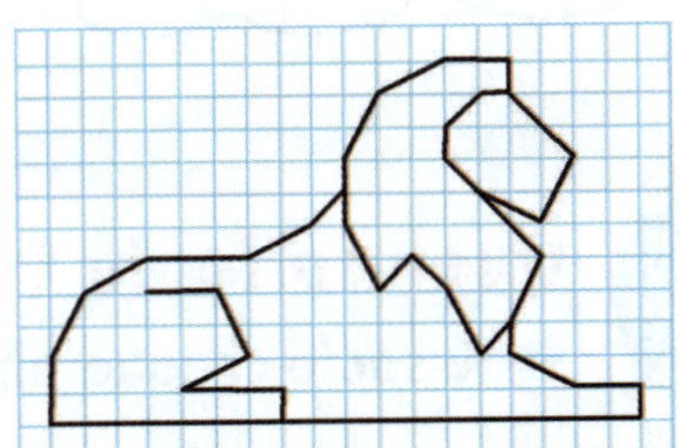

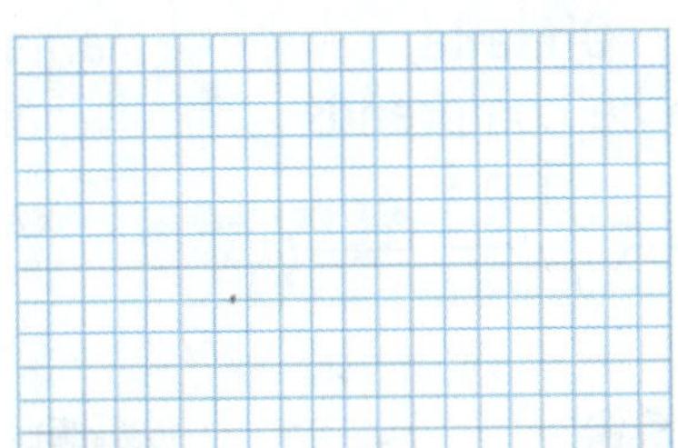

Les types de phrases

mémo

Il existe 4 types de phrases.
La phrase **déclarative** : elle donne une **opinion**, une **information**. *Le bateau sort du port.*
La phrase **exclamative** : elle exprime une **émotion**. *C'est horrible !*
La phrase **interrogative** : elle pose une **question**. *Quel film as-tu vu au cinéma ?*
La phrase **impérative** : elle donne un **ordre** ou un **conseil**. *Arrête de jouer avec cette balle.*

174 Ne perds pas le fil !

→ **En t'aidant des fils, colorie de la même manière les phrases déclaratives et impératives qui vont ensemble.**

1 Il faudrait que tu ranges ta chambre.
2 Vous devriez demander votre chemin au gardien.
3 Il faut nous méfier de ces gros nuages gris.
4 Tu dois te réveiller plus tôt.

A Méfions-nous de ces gros nuages gris.
B Demandez votre chemin au gardien.
C Range ta chambre
D Réveille-toi plus tôt !

175 Quel drôle de type !

→ **Associe chaque phrase à la bonne image.**

Oh la la, je ne comprends rien !

Maman n'est pas là.

Est-ce que je vais prendre un dessert ?

Arrête les bêtises !

Soustraction des nombres décimaux

mémo

Pour effectuer une soustraction avec des nombres décimaux, il faut aligner les virgules sous les virgules et s'assurer que les chiffres de la partie décimale sont aussi bien alignés.
On peut aussi ajouter des zéros pour se faciliter le calcul.

$$\begin{array}{r} 62{,}319 \\ -\ 41{,}400 \\ \hline 20{,}919 \end{array}$$

176 Accepter les différences

→ **Colorie avec les bonnes couleurs les étiquettes qui permettent de compléter les soustractions.**

Étiquettes : 619,16 — 43,51 — 27,077 — 83,86 — 15,863 — 67,004 — 548,57 — 46,382

$$\begin{array}{r} \ldots \\ -\ \ldots \\ \hline 20{,}622 \end{array} \qquad \begin{array}{r} \ldots \\ -\ \ldots \\ \hline 505{,}06 \end{array}$$

$$\begin{array}{r} \ldots \\ -\ \ldots \\ \hline 67{,}997 \end{array} \qquad \begin{array}{r} \ldots \\ -\ \ldots \\ \hline 592{,}083 \end{array}$$

177 Jeux de plage

→ **Effectue cette opération en te reportant à la valeur des jeux de plage. Chaque jeu remplace toujours le même chiffre.**

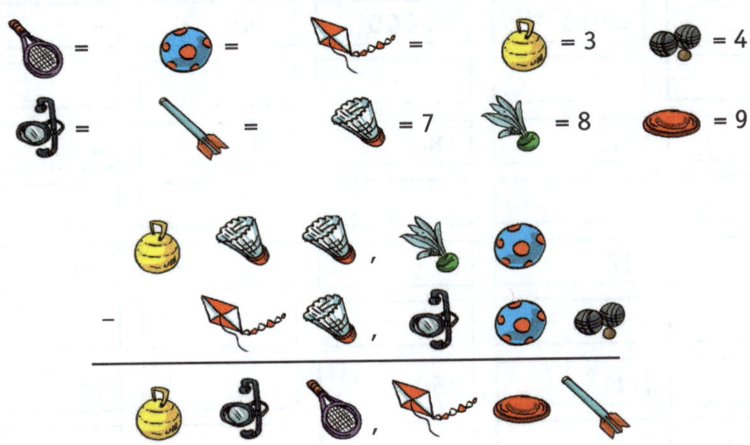

Les contenances

mémo

On utilise le litre pour donner la valeur d'une contenance.

hL	daL	Litre	dL	cL	mL
hectolitre	décalitre		décilitre	centilitre	millilitre
		1	0		
1	0	0			

1 L = 10 dL et 1 hL = 100 L

178 La fête de l'eau

→ **Pour la fête de l'eau, les enfants doivent apporter des récipients pouvant contenir des litres de liquide. Barre ceux qui n'ont pas une contenance en litre.**

179 Un peu d'ordre

→ **Réécris les données dans l'ordre pour que les équivalences soient bonnes.**

-

cL	Litres	10 000	100	=

-

hL	daL	180	18	=

-

125	12,5	L	=	daL

-

mL	cL	360	=	36

What time is it? (Quelle heure est-il ?)

mémo

Quand la grande aiguille est sur 12, je dis « o'clock ».

Ex : It's nine o'clock.

Quand la grande aiguille est sur 6, je dis « half past + heure ».

Ex : It's half past four.

Quand la grande aiguille est sur 3, je dis « quarter past + heure ».

Ex : It's a quarter past ten.

Quand la grande aiguille est sur 9, je dis « quarter to + heure à venir ».

Ex : It's a quarter to one.

180 Tic-tac

→ **Choisis le chemin qui relie la bonne horloge à la bonne heure.**

L'impératif

mémo

On utilise **l'impératif** pour donner un **ordre** ou un **conseil**.
Il se conjugue avec seulement **trois personnes** : 2e personne du singulier, 1re et 2e personne du pluriel.
Les terminaisons sont :
1er groupe : **-e, -ons, -ez** 2e groupe : **-is, -issons, -issez** 3e groupe : **-s, -ons, -ez**
Attention : aller : va, allons, allez / être : sois, soyons, soyez / avoir : aie, ayons, ayez

181 Fais pas ci, fais pas ça !

→ Tous les matins, les parents de Léa lui donnent les mêmes conseils ! Replace les verbes à l'impératif au bon endroit pour les lire.

Ne .... pas avec les doigts.

.... ton manteau.

.... tes cheveux.

Ne .... pas tes vêtements.

.... à prendre ton cartable.

salis pense coiffe ferme mange

182 Au secouuurs !

→ Le nouveau directeur du club de vacances est un vieux ronchon : il veut tout interdire ! Replace ses ordres sous les bons panneaux pour découvrir le nouveau règlement...

1) Ne sautez pas. 2) Ne chantez pas. 3) Ne dansez pas. 4) Ne plongez pas.

Multiplication d'un nombre décimal par un entier

mémo

On procède comme pour la technique opératoire avec les nombres entiers, on ne tient pas compte de la virgule. Une fois que l'on a trouvé le produit, on compte combien il y a de chiffres dans la partie décimale du multiplicande et, en partant de la droite du résultat, on compte autant de chiffres et on place la virgule.

		8	1,	6	9
x				2	3
	2	4	5	0	7
1	6	3	3	8	0
1	8	7	8,	8	7

183 Viser la cible

→ **En tenant compte du coefficient de pénalité ou de bonus, quel tireur atteint le record de points ?**

Scores	Tir 1	Tir 2	Tir 3	Total
archer 1	coefficient × 2,5 =	coefficient × 1,25 =	coefficient × 2,75 =	
archer2	coefficient × 2,59 =	coefficient × 0,2 =	coefficient × 2,55 =	
archer 3	coefficient × 2,31 =	coefficient × 1,48 =	coefficient × 2,84 =	

Phrase simple / Phrase minimale

mémo

Une **phrase simple** ne possède qu'**un seul verbe conjugué.**
Elle lit son livre allongée dans le transat.
En supprimant les groupes de mots qui ne sont pas indispensables, une phrase simple peut être réduite en **phrase minimale, constituée du Groupe Nominal Sujet et du Groupe Verbal.** Attention, le sens de la phrase doit rester correct.
Elle lit ~~son livre allongée dans le transat~~. → Elle lit.
GNS GV
~~Demain matin~~, je retrouverai mon frère ~~à la gare~~. → Je retrouverai mon frère.
Certains mots ne peuvent être supprimés, car la phrase n'aurait plus de sens.

184 Juste le nécessaire

→ Élimine chaque brique qui n'est pas indispensable pour obtenir une phrase minimale. Attention la phrase doit toujours avoir un sens !

Étrangement	elle	était	pleine de confiance.
Il	prit	son sac à dos	sur les épaules.
La course	commence	dans la plus grande confusion.	
Ce soir	le soleil	se couche	avec une belle couleur orangée.
Sur cette paroi de roches friables	les alpinistes	avancent	très prudemment.

185 C'est la règle…

→ Déchiffre ce rébus pour savoir comment obtenir une phrase minimale.

Problèmes sans opérations

mémo

Pour trouver la solution d'un problème de **logique**, il faut trouver l'**information principale** et construire son **raisonnement** grâce à elle.

186 Sur le chemin de la plage

→ **Lis les indices et regarde les personnages avec attention pour trouver qui est qui.**

Cinq amis de longue date, Michou, Will, Nours, Rico et Abe sont en route vers la petite plage du village de leur enfance. Michou, Nours et Abe portent des lunettes ; Michou a le même maillot que Will et Nours a la même serviette que Rico.

Le mot précis

mémo

Pour éviter d'utiliser trop souvent les mêmes mots, il faut rechercher des synonymes, des mots **plus précis** ou **plus expressifs** qui peuvent les remplacer.

187 Jeu, set et match !

→ Utilise les mots de la liste suivante pour remplacer le verbe « mettre », tu découvriras l'endroit propice pour pratiquer le beach-volley.

endosse / range / pose / place / enfile

1 – Mon oncle **met** du papier peint sur le mur.

2 – Quand il fait trop froid, il **met** ses moufles.

3 – Elle **met** ses économies à la banque.

4 – La maîtresse **met** les livres dans la bibliothèque.

5 – En hiver, mon père **met** son gros manteau.

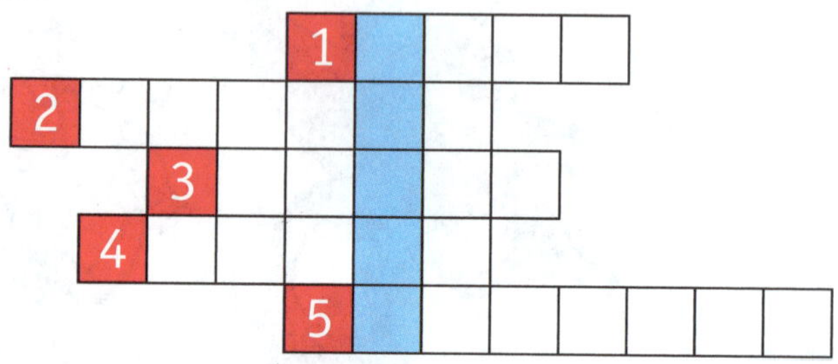

188 Faire autrement

→ Xavier emploie le verbe « faire » dans toutes ses phrases ! Aide-le à utiliser d'autres mots plus précis. Colorie chaque fil pour trouver le mot juste.

1 Le facteur fait la distribution du courrier.

2 L'alpiniste fait l'ascension de cette montagne.

3 La grenouille fait des bonds.

4 Ma mamie fait du tricot tous les soirs.

5 Parfois, je fais la cuisine pour aider ma mère.

bondit A

cuisine B

distribue C

escalade D

tricote E

La division des nombres entiers

mémo

Diviser, c'est **partager une quantité en parts égales** en conservant la même quantité. C'est l'opération inverse de la multiplication. On commence par **estimer la taille de quotient** puis on effectue le calcul.

Dans 458, 45 > 29 et 45 représente les dizaines ; il y a donc 2 chiffres au **quotient**.

458	29	- le dividende et le diviseur
170	15	- le quotient
23		- le reste

Il se peut que la division ne tombe pas juste et qu'il y ait un reste qui est toujours plus petit que le diviseur.

189 Prendre la vague

→ **Colorie suivant le code.**

1 chiffre au quotient , 2 chiffres , 3 chiffres , plus de 3 chiffres

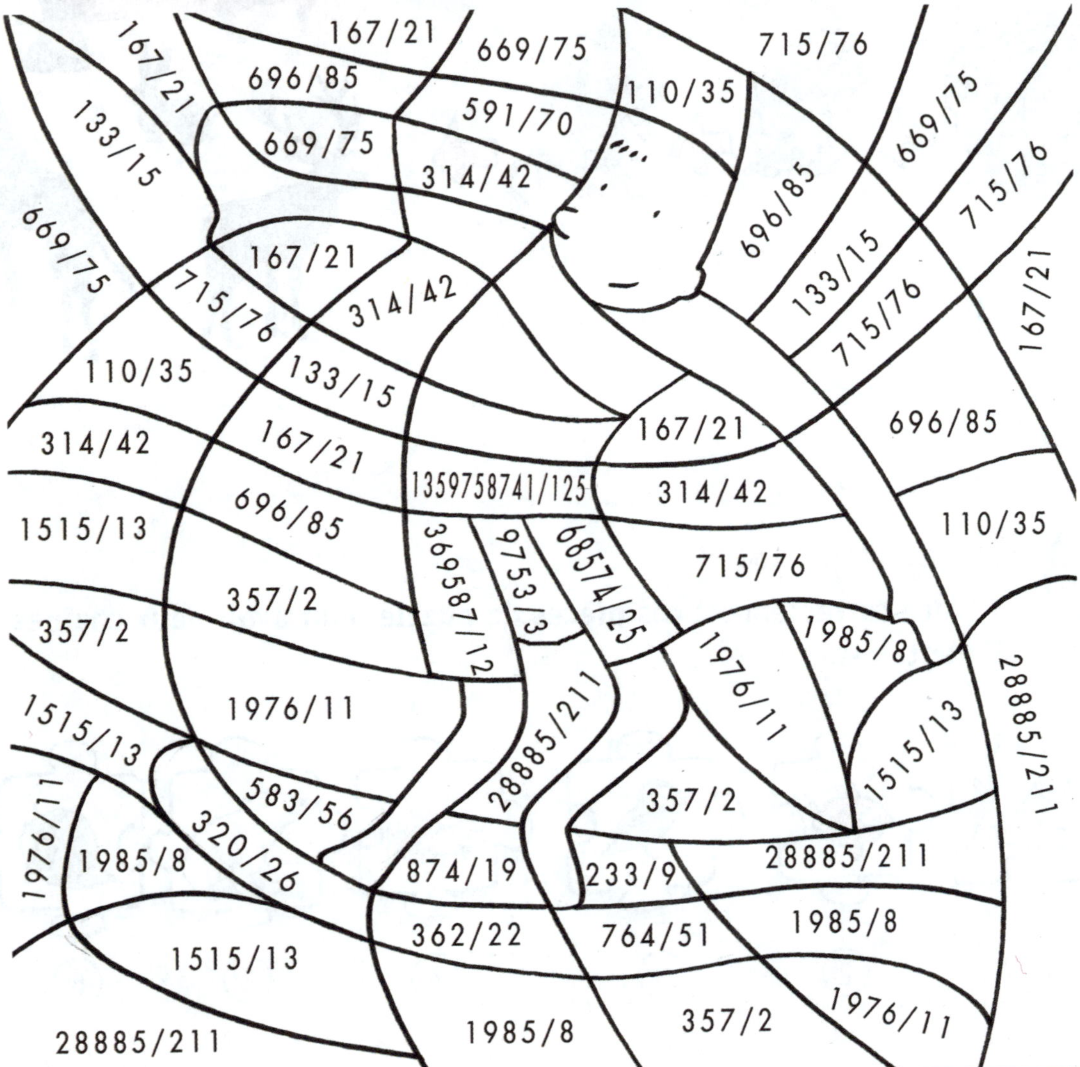

La chaîne alimentaire

mémo

Les êtres vivants, végétaux et animaux, ont tous besoin de se nourrir : l'alimentation leur fournit les substances nécessaires à la vie.

Ces **relations entre les animaux** sont représentées par une **chaîne alimentaire**.

Dans une chaîne alimentaire la flèche signifie « est mangé par ».

Chaque élément de la chaîne alimentaire est appelé un **maillon**. La disparition d'un des maillons risque d'entraîner l'extinction d'autres espèces qui ne peuvent plus se nourrir.

190 Tu le manges et je te mange !

→ **Identifie chaque ombre puis entoure l'animal qui représente le dernier maillon de la chaîne alimentaire ci-dessous.**

191 Qui mange qui ?

→ **Place correctement ces pièces de puzzle pour avoir deux chaînes alimentaires.**

Louis-Philippe

mémo

C'est **grâce à la bourgeoisie française** qui impose sa volonté que Louis-Philippe monte **sur le trône** de France en 1830. Il y restera **pendant 18 ans.** Il met en place une **monarchie modérée** car les assemblées élues par le peuple ont beaucoup de pouvoir. Ce roi n'est **pas populaire** et gouverne pour le profit des bourgeois. Le **peuple** est **de plus en plus misérable** et, **en 1848**, arrive à vaincre les troupes du roi qui s'enfuit. **C'est la fin de la royauté en France.**

192 Fin de règne

→ **Trouve les faits marquants de la période du règne de Louis-Philippe associés aux définitions.**

① Une royauté où le pouvoir est partagé avec le peuple.

É E	A R C	M O	M O N	H I E	D É R	L A

② Vote ouvert à tous les hommes adultes d'un pays.

L I N	V E R	S C U	S U F	U N I	M A	L E	S E L	G E	F R A

③ Période où l'industrie se développe très rapidement grâce aux machines à vapeur.

I E L	T I O	N I	O L U	N D U	R É V	L E	L A	S T R

193 Le dernier roi

→ **Barre la réponse fausse.**

La résidence de Louis-Philippe est :
- le palais des Tuileries à Paris - le château de Versailles

Louis-Philippe est :
- le cousin de Charles X - le frère de Charles X

À la fin de son règne, on proclamera :
- la Première République - la Deuxième République

L'accord des adjectifs qualificatifs

mémo

L'adjectif qualificatif **s'accorde** en **genre** (masculin/féminin) et en **nombre** (singulier/pluriel) avec le nom auquel il se rapporte.

Le féminin des adjectifs *un cheval gris / une jument grise*

En règle générale, on ajoute un « **e** » à la fin de l'adjectif pour passer du masculin au féminin.

Le pluriel des adjectifs qualificatifs *une pomme verte / des pommes vertes*

En règle générale, on ajoute un « **s** » à la fin de l'adjectif pour passer du singulier au pluriel.

Attention si l'adjectif qualifie à la fois un nom masculin et un nom féminin, c'est l'accord masculin pluriel qui l'emporte.

194 Fidèle compagnon

→ **Suis les consignes pour découvrir comment s'appelle le chien de Marion.**

Barre tous les adjectifs masculins singuliers.
Barre ensuite les adjectifs féminins pluriels.
Barre aussi les adjectifs masculins pluriels.
Pour terminer barre les adjectifs féminins singuliers.
Le chien de Marion s'appelle
....

195 Carte postale éclaboussée

→ **Assemble les étiquettes pour compléter le texte.**

Aujourd'hui le soleil est .... , mais les vagues sont ....
Les animateurs ont donc proposé une activité .... sur la plage. Les plus .... châteaux de sable seront pris en photo et affichés sur le site internet de la colonie.

Agrandir ou réduire des figures

mémo

Pour agrandir ou réduire une figure, on doit la **reproduire à l'identique.**
On se place alors sur un **quadrillage** plus petit ou plus grand.

196 Ce n'est pas la taille qui compte

→ **Observe bien le modèle et relève les 10 différences présentes parmi les trois reproductions.**

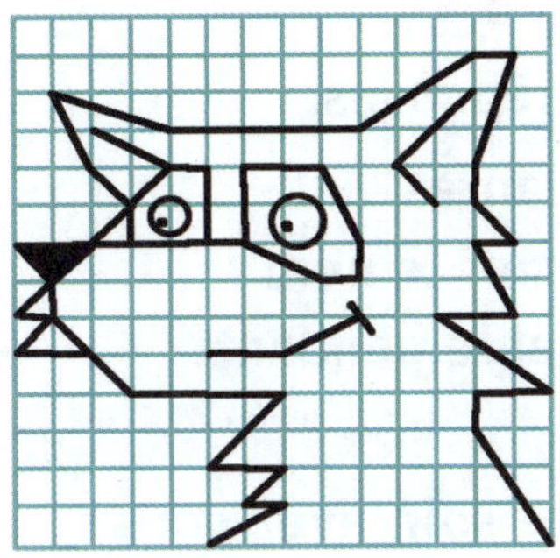

L'attribut du sujet

mémo

L'attribut du sujet **donne un renseignement sur l'état** ou la qualité **du sujet.** Il **s'accorde en genre et en nombre** avec celui-ci. Il **ne peut être ni supprimé, ni déplacé.**

Il est **relié au sujet par un verbe d'état** : être, sembler, paraître, devenir, avoir l'air, rester et demeurer.

Il peut être : un nom, un groupe nominal, un adjectif qualificatif, un participe passé, un infinitif ou un pronom.

Attention, il peut répondre à la question « quoi ? » mais ce n'est pas un COD.

197 Et que ça chauffe !

→ Choisis les bonnes réponses.

Les lettres correspondantes te permettront de former le nom d'une chose indispensable pendant les vacances.

① **« Vous paraissez silencieux ce soir, avez-vous un problème ? »**

Dans cette phrase, l'attribut du sujet est :

E) silencieux N) ce soir U) un problème

② **« établir / être / avoir l'air / sembler / attribuer / devenir / paraître / apporter »**

Dans cette liste, les verbes d'état sont :

A) établir / être / avoir l'air / sembler
L) être / avoir l'air / sembler / devenir / paraître
M) avoir l'air / attribuer / devenir / apporter

③ **« Maman, peux-tu m'acheter cette robe ? Je la trouve vraiment jolie ! »**

L'attribut du sujet est :

M) cette robe A) vraiment E) jolie

④ **Quelles affirmations sont exactes ?**

R) L'attribut du sujet se place après n'importe quel verbe.
L) L'attribut du sujet peut être un adjectif.
O) Le verbe être et ses synonymes (paraître, sembler...) sont des verbes d'état.
S) L'attribut du sujet ne peut être ni supprimé ni déplacé.
I) L'attribut du sujet peut être un groupe nominal.

⑤ **« Les enfants ont l'air de bien s'amuser ! »**

Dans cette phrase, l'attribut du sujet est :

A) bien L) s'amuser R) de bien s'amuser

_ _   _ _ _ _ _ _ _

Body and face (le corps et le visage)

mémo

la tête	the **head**	le cou	the **neck**	la bouche	the **mouth**	les yeux	the **eyes**
le bras	the **arm**	la main	the **hand**	l'oreille	the **ear**	les cheveux	the **hair**
le doigt	the **finger**	la jambe	the **leg**	le pied	the **foot**	le nez	the **nose**
l'épaule	the **shoulder**	le genou	the **knee**				

Pour passer un nom au pluriel, en général il faut ajouter un « s », mais certains mots changent : one tooth = two teeth ; one foot = two feet

198 Planète Zorg

→ **Complète la description et dessine l'extraterrestre correspondant.**

Bastien et Laura jouent à un jeu de rôle. Bastien est un personnage qui a vu un extraterrestre arriver sur Terre. Il est interrogé par Laura qui fait partie de la BPI, la Brigade de Police Intergalactique. Il doit faire la description la plus précise, aide-le sachant que l'alien a les caractéristiques suivantes :

2 têtes, 2 yeux, 3 bouches et 4 oreilles sur chaque tête, 5 bras avec chacun 3 doigts, 7 jambes.

He's got .... He's got .... He's got ....

He's got .... He's got .... He's got ....

GRAND JEU DES

Proverbe chinois

Déchiffre ce rébus pour découvrir le proverbe.

Quiz

1) Quel est l'astre le plus proche de la Terre ?
Mars La Lune Jupiter

2) Comment appelle-t-on une personne qui étudie l'astronomie ?
un astronome un astronaute un astrologue

3) Quel est le nom de la planète la plus éloignée du Soleil ?
Neptune Uranus Mercure

ASTRONAUTES

La tête dans les étoiles

Relie les points de 10 en 10 pour découvrir où se trouve Marie.

Un petit pas pour l'homme...

Déchiffre ce message pour savoir quel événement a été un grand pas pour l'humanité.

A	B	C	D	E	F	G	H	I	J	K	L	M	N	O	P	Q	R	S	T	U	V	W	X	Y	Z

21 1969.

ont / on, sont / son

mémo

- **« ont »** : c'est le **verbe avoir** conjugué au présent, à la 3e personne du pluriel.
  Il peut être remplacé par sa conjugaison à l'imparfait : avaient
  Les oisillons ont quitté le nid. *Les oisillons avaient quitté le nid.*
  « on » : c'est un **pronom indéfini** qui est toujours le **sujet** d'un verbe.
  On peut le remplacer par « il ». *Il avait quitté le nid.*
- **« sont »** : c'est le **verbe être** conjugué au présent, à la 3e personne du pluriel.
  Il peut être remplacé par sa conjugaison à l'imparfait : étaient
  Les élèves sont rangés dans la cour. *Les élèves étaient rangés dans la cour.*
  « son » : c'est un **déterminant possessif.** On le trouve toujours **devant un nom.**
  On peut changer son genre et son nombre.
  son père *sa mère* *ses parents*

199 Dans l'espace

→ **Fais le bon choix pour chaque phrase, entoure les lettres correspondant aux chiffres des réponses et tu sauras le nom de la planète la plus proche de la Terre.**

Je ne pensais pas qu'	on (1) / ont (2)	allait y arriver.
Théo et Alex	son (3) / sont (4)	les meilleurs amis.
Ils	on (5) / ont (6)	tout le temps pour finir.
As-tu vu	son (7) / sont (8)	nouveau vélo ?
Les joueurs	on (9) / ont (10)	remporté la finale.

1	2	3	4	5	6	7	8	9	10
V	A	R	E	O	N	U	M	I	S

200 Des étoiles plein les yeux

→ **Complète les phrases à l'aide des mots dans les étoiles.**

1) Il s'est donné du mal pour réaliser .... rêve.
2) Elles .... un télescope dans leur jardin.
3) En été, ... peut voir beaucoup d'étoiles filantes.
4) Les astronomes .... des scientifiques qui étudient les étoiles.

Puzzle de lecture

mémo

Dans une « lecture puzzle », le texte est présenté en désordre. Il faut lire chaque partie pour pouvoir retrouver l'organisation initiale du texte.

Il faut pour cela **s'aider de la logique** mais aussi des **connecteurs**, des **formes verbales** ou de la **ponctuation**.

201 Leçon en puzzle !

➜ **Le petit frère de Chloé a découpé sa leçon de sciences sur les tortues. Organise les morceaux pour reformer le texte initial et réécris-le.**

peut déposer
Elles recouvrent soigneusement
et effacent toutes les traces pour éviter
qu'il soit découvert.

les tortues
Elles creusent dans le
sable de grands trous où chacune
jusqu'à 200 œufs.
le nid

Quand l'époque de la ponte est venue,
marines sortent de l'eau.

Le mouvement de la Terre et des planètes autour du Soleil

mémo

Dans le **système solaire**, il existe deux sortes de planètes :

- les **planètes telluriques** : ce sont **les plus petites** planètes du système solaire et leur **sol est constitué de roches.** Ces planètes sont : Mercure, Vénus, la Terre et Mars. Elles sont situées entre le Soleil et la ceinture d'astéroïdes.
- les **planètes gazeuses** : ce sont **les plus grosses** planètes du système solaire et leur **sol est constitué de gaz.** Ces planètes sont : Jupiter, Saturne, Uranus et Neptune. Ce sont les planètes les grosses et les plus éloignées du Soleil.

Toutes les planètes tournent autour d'elles-mêmes (c'est la **rotation**) et autour du Soleil (c'est la **révolution**).

202 Mon ami Pierrot…

→ **Découvre une information sur la Lune grâce à ce rébus.**

203 Tous autour du Soleil

→ **Complète la grille à l'aide des définitions.**

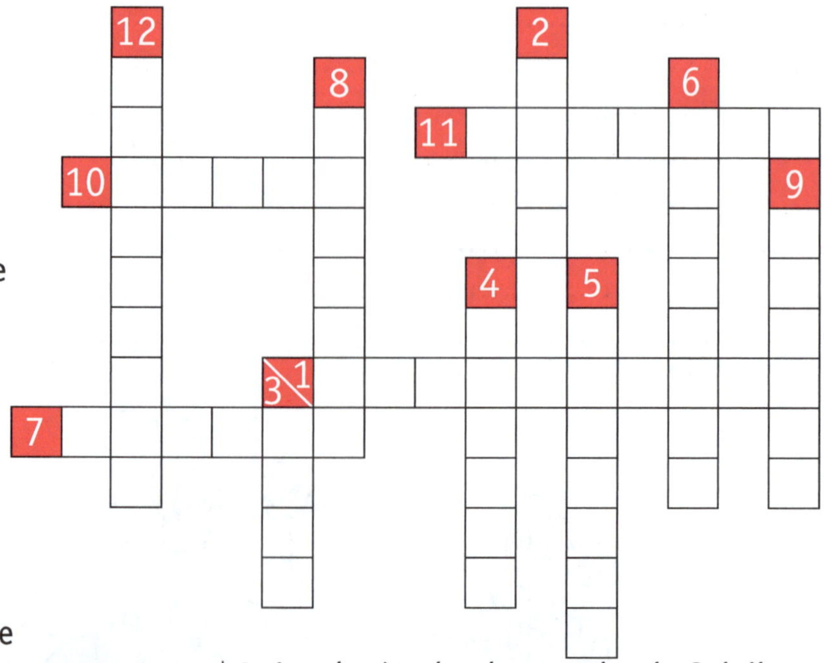

Horizontal

1. Mouvement d'une planète autour du Soleil
7. Corps céleste qui émet sa propre lumière
10. Seule planète du système solaire où la vie s'est développée et maintenue
11. Ses anneaux sont célèbres

Vertical

2. Planète surnommée « Planète rouge »
3. Satellite naturel de la Terre
4. La principale étoile de notre système
5. La plus grosse planète du système solaire
6. Mouvement d'une planète sur elle-même
8. La planète la plus proche du Soleil
9. Septième planète du système solaire
12. Corps qui tourne autour d'une planète

Les symboles de la République

mémo

Les symboles de la République ont une chose **en commun : la Révolution française de 1789.** Ils sont nés de la volonté des hommes à vivre égaux et en toute liberté. Ces symboles sont là pour marquer l'importance de la République et le profond **respect des citoyens.**

204 Tout un symbole

→ **Entoure les symboles de la République française.**

205 Notre devise

→ **Déchiffre ce message pour connaître la devise de notre pays.**

A	B	C	D	E	F	G	H	I	J	K	L	M	N	O	P	Q	R	S	T	U	V	W	X	Y	Z
11	10	25		5		2	18	1	14	9	22		20		17	16		13	8	7	23	4	12	19	21

22-1-10-5-3-8-5 5-2-11-22-1-8-5 15-3-11-8-5-3-20-1-8-5

« _ _ _ _ _ _ _, _ _ _ _ _ _ _, _ _ _ _ _ _ _ _ _ _ »

S'aider du contexte pour comprendre le sens d'un mot inconnu

mémo

À la lecture d'un texte, lorsqu'un mot est inconnu, il est possible de s'aider du **contexte** (le **texte autour du mot**) pour en comprendre le sens.

Il paraît qu'ailleurs en Europe ou en Amérique, les gens habitent de grandes maisons pleines de pièces. Comme toutes celles du village, notre keja n'a qu'une seule pièce.

Le contexte (grandes maisons, pièces) permet de comprendre que le mot « keja » désigne une habitation.

206 À la recherche du bon indice

→ **En t'aidant du contexte retrouve la définition de chaque mot proposé. Les lettres associées aux bonnes réponses t'adresseront un message.**

Robinson redescendit plus d'une fois dans le trou de la grotte pour y retrouver la paix merveilleuse de son enfance. Il avait pris l'habitude d'arrêter chaque fois la clepsydre, parce qu'il n'y avait plus d'heure, ni d'emploi du temps au fond de la grotte.

① **Une clepsydre, c'est :** M) un morceau de bois servant à piler le grain.
B) une horloge.
F) un animal vivant dans les grottes.

Depuis leur bateau, les navigateurs observent une colonie de pingouins installés sur la banquise. Certains quittent la glace pour plonger dans les eaux froides à la recherche du krill pendant que les autres surveillent les petits. Cette organisation très pratique permet à chacun des membres du groupe d'aller chercher sa nourriture à tour de rôle.

② **Le krill, c'est :**
H) le nom des petits pingouins qui restent sur la banquise.
R) le nom des crustacés dont se nourrissent les pingouins.
A) le nom du système de garderie qu'ont inventé les pingouins.

③ **Dans le texte, une colonie c'est :**
K) le territoire habité et exploité par des hommes partis de leur propre pays.
E) un ensemble d'enfants qui passent leurs vacances en collectivité.
A) une troupe d'animaux ayant une vie collective organisée.

L'homme ne s'aperçut de rien. N'importe qui est capable de suivre une autre personne, mais une filature en bonne et due forme est un art que peu sont capables de maîtriser. Heureusement le détective faisait partie de ceux-là. Il passait d'une couverture à une autre : derrière un arbre, le long d'un mur, entre les voitures stationnées.

④ **Une filature, c'est :** V) suivre discrètement quelqu'un pour le surveiller.
G) une usine où l'on fabrique le fil.
M) la transformation d'une matière en fil.

⑤ **Une couverture, c'est :** C) un morceau de tissu épais qui tient chaud.
O) ce qui sert à se cacher.
F) ce qui recouvre un livre ou un cahier.

La division avec quotient décimal

mémo

Quand une division a un reste, on peut **poursuivre le calcul à partir du reste. On place une virgule au quotient** et on obtient une partie décimale et en même temps **on ajoute des zéros au dividende.** On a transformé le reste en dixièmes puis en centièmes…

7 5 9 0 0	3 7
0 1 9 0	2 0 , 5 1
5 0	
1 3	

207 Rallye photos

→ **L'accompagnateur du voyage a organisé un rallye photo et le vainqueur n'est pas encore connu. Calcule les points des concurrents en utilisant les quotients.**

Le vainqueur est : ……………………… .

Les types de textes

mémo

Il existe différents types de textes et ils ont chacun leur utilité.

Les textes descriptifs pour décrire un personnage, un lieu, une chose : un portrait, un paysage…

Les textes informatifs / explicatifs pour apprendre, apporter une information : un documentaire, une lettre, un article de journal, une définition de dictionnaire, un programme télé, une publicité…

Les textes injonctifs ou prescriptifs pour donner des ordres, des conseils, des indications : une recette, un règlement, une notice de montage, un problème, une règle du jeu…

Les textes narratifs pour raconter une histoire : un conte, une bande dessinée, un roman, une fable…

Les textes poétiques pour jouer avec les mots : un poème, une chanson, une comptine…

208 La bonne étagère

→ **Aide la bibliothécaire à ranger chaque type de texte sur la bonne étagère.**

① **Communiquer** : *verbe transitif*
- Faire passer quelque chose, transmettre : *Le Soleil communique sa chaleur à la Terre.*
- Transmettre à quelqu'un un savoir, un don, etc. : *Communiquer à ses enfants son savoir.*
- Faire partager à quelqu'un un sentiment, un état : *Il nous a communiqué son fou rire.*
- Faire passer quelque chose à quelqu'un pour qu'il en prenne connaissance : *Le service de la Préfecture nous a communiqué votre dossier.*
- Faire savoir quelque chose à quelqu'un, divulguer : *Communiquer des renseignements confidentiels à un concurrent.*
- Transmettre une maladie à quelqu'un, le contaminer.

⑤

J'ai un gros nez rouge
Deux traits sous les yeux
Un chapeau qui bouge
Un air malicieux
Deux grandes savates
Un grand pantalon
Et quand ça me gratte
Je saute au plafond !

Un jour, une petite sorcière et son hérisson apprivoisé cherchaient des champignons dans la forêt. La petite bête furetait de-ci de-là, découvrait des champignons sous les feuilles mortes, qu'elle poussait avec son museau, et sa maîtresse les ramassait. Le panier fut vite plein.

④

②

Ingrédients
3 œufs
150 g de beurre mou
150 g de farine
150 g de sucre
1 sachet de levure
1 citron non traité
préparation 10 minutes
cuisson 45 minutes à 175 °C

Dans une terrine, verser la farine. Faire un puits et ajouter le sucre, la levure et les œufs. Mélanger puis bien incorporer le beurre mou. Prélever le zeste du citron, l'ajouter et presser le jus aussi. Beurrer et chemiser un plat, verser la préparation dedans puis enfourner.

③ En montagne, jamais je n'avais vu le soleil se lever. C'était vraiment magnifique : les couleurs du ciel étaient des plus belles ; des volutes de nuages fins tourbillonnaient, poussées par une légère bise. Au fond de la vallée, le village encore endormi semblait tel un petit insecte perdu dans un immense champ d'avoine. Le ruisseau qui serpentait non loin de là avait des reflets étranges. Tout me plaisait dans ce paysage grandiose !

Les triangles

mémo

Un **triangle** est un polygone à 3 côtés et 3 sommets.

Un triangle quelconque (aucune particularité) — Un triangle isocèle (2 côtés égaux) — Un triangle équilatéral (3 côtés égaux) — Un triangle rectangle (1 angle droit)

209 De tous les côtés

→ **Colorie suivant le code.**

équilatéral — isocèle — quelconque — rectangle

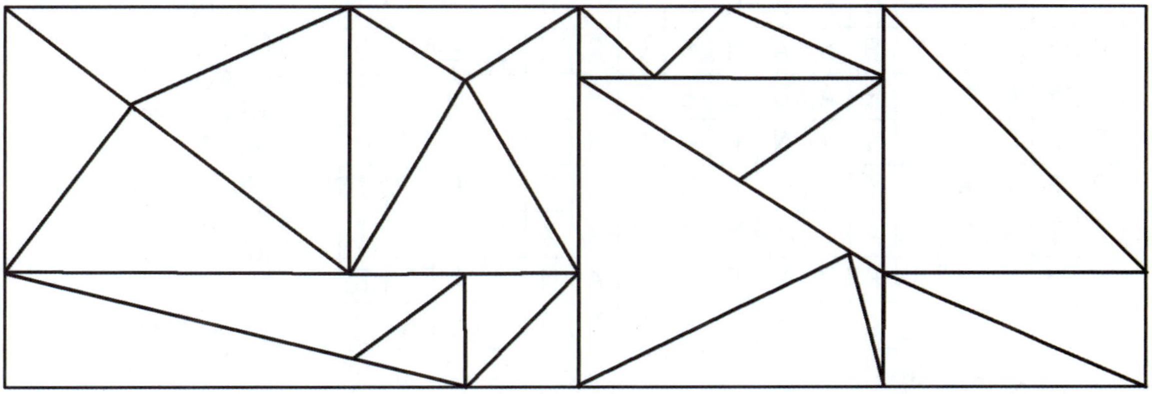

210 Cache-cache

→ **Compte combien de triangles se cachent dans ce dessin.**

Les conditions de développement des végétaux et des animaux

mémo

Chez les **animaux**, à la naissance, certains petits **ressemblent** à leurs **parents** (moutons, oiseaux…) d'autres **ne ressemblent pas** à leurs parents et ils changent d'aspect durant leur développement, on appelle ce phénomène une **métamorphose** (papillons, grenouilles…).

Chez les **végétaux**, le premier stade de développement est la **germination** (lorsque les **racines** sortent de la **graine**) ensuite une petite plante, la plantule, grandit progressivement. Apparaissent ensuite les **feuilles**, les **fleurs** puis les **fruits** qui contiennent les nouvelles graines.

211 Comme il a grandi !

→ **Retrouve les mots de la liste dans la grille.**

M	E	T	A	M	O	R	P	H	O	S	E	O	E	F	R	A
R	A	C	I	N	E	S	A	N	F	C	R	F	S	E	N	D
F	E	N	S	G	R	A	D	U	L	T	E	O	E	U	F	S
C	R	O	I	S	S	A	N	C	E	P	H	A	N	I	V	T
P	E	T	R	M	T	I	F	R	U	I	T	S	I	L	E	I
S	T	N	E	R	A	P	I	M	R	U	A	X	A	L	P	T
S	M	O	M	A	R	U	V	E	S	R	A	N	R	E	G	E
V	E	G	E	T	A	U	X	T	R	E	N	E	G	S	A	P

ADULTE
ANIMAUX
CROISSANCE
FEUILLES
FLEURS
FRUITS
GRAINES
MÉTAMORPHOSE
ŒUFS
PARENTS
PETITS
RACINES
TIGE
VÉGÉTAUX

212 Livre animé

→ **Scott a décidé d'illustrer la croissance du petit pois. Aide-le à numéroter ses photos dans l'ordre.**

Le Second Empire

mémo

Après Louis-Philippe, le **neveu de Napoléon Ier** est élu **président de la République en 1848.** En 1851, il organise un coup d'État et devient Empereur des Français sous le nom de **Napoléon III.** Il développe l'économie du pays. Il veut agrandir le pays et **déclare la guerre à la Prusse en 1870,** mais **la France est vaincue. C'est la fin du Second Empire.**

213 Et un, et deux, et III !

→ **Complète cet article avec les mots des étiquettes.**

Le Second Empire est une période que l'on peut qualifier de .... car l'opposition de l'empereur est réduite au silence et de nombreuses .... sont supprimées. C'est aussi une période de modernisation .... (éclairage des rues, évacuations des eaux usées) .... (machines à vapeur) .... (Haussmann embellit Paris) et ....
Napoléon III favorise les .... et les chefs d'industries, alors que les .... sont très .... Après plusieurs mouvements de ...., les ouvriers obtiennent le droit de grève et la .... retrouve une plus grande liberté.

OUVRIERS — MISÉRABLES — PRESSE — DICTATURE — ARCHITECTURALE — LIBERTÉS — COMMERCIALE — BOURGEOIS — INDUSTRIELLE — TECHNOLOGIQUE — PROTESTATION

Le passé composé

mémo

Le **passé composé** d'un verbe se construit avec un **auxiliaire** (avoir ou être) conjugué au présent, suivi du **participe passé** du verbe.

Avec l'auxiliaire **avoir**, le participe passé ne s'accorde pas avec le sujet, en revanche, avec l'auxiliaire **être**, le participe passé s'accorde toujours avec le sujet en **genre** (masculin / féminin) et en **nombre** (singulier / pluriel).

Le participe passé des verbes en -er se termine par **-é**, les autres participes passés se terminent par **-u** **-i** **-is** ou **it**.

214 Au soleil

→ **Pour chaque phrase, choisis la bonne réponse en entourant la lettre correspondante. Puis écris avec ces lettres le mot qui représente le mieux l'été.**

O) Le chien ont fini leurs gamelles.
C) Les chiens
D) Le chat

H) Antoine a réussi son examen.
N) Les élèves
I) Loïc et Sarah

V) Mon frère sont arrivés à New York.
E) Les joueuses de l'équipe
A) Les voyageurs

L) Mes sœurs sont revenues du cinéma après le film.
U) Mes parents
X) Mon père

E) Les lions ont obéi à leur dresseur.
R) L'éléphant
P) Le tigre

A) Mon amie sont repartis après la fête.
O) Tom
U) Les invités

R) Les enfants ont chahuté toute la matinée.
O) Mamie
L) Mon frère

....

Diviser par 10, 100, 1 000

mémo

Pour diviser un nombre par 10, 100, 1 000 il faut **supprimer** (quand c'est possible) **un, deux, trois zéros** à la droite du nombre.

ex. : 450 ÷ 10 = 45 8 500 ÷ 100 = 85 167 000 ÷ 1 000 = 167

215 Ça fait combien ?

→ **Suis le chemin qui mène au résultat, puis colorie les couples obtenus.**

216 Car qui roule…

→ **Calcule les kilomètres parcourus par ces cars de touristes pour les vacances d'été à travers l'Europe. Puis barre les résultats dans la grille.**

car 1 = 450 000 ÷ 10
car 2 = 5 687 900 ÷ 100
car 3 = 8 357 000 ÷ 1 000
car 4 = 600 000 ÷ 100
car 5 = 790 600 ÷ 100
car 6 = 193 000 ÷ 10
car 7 = 40 501 000 ÷ 1 000

4	5	0	0	0
0	6	0	0	0
5	8	3	5	7
0	7	9	0	6
1	9	3	0	0

Les mots d'origine étrangère

mémo

Le vocabulaire de la langue française est très riche. Il a su s'enrichir avec des mots d'origine étrangère.

un yaourt — un bermuda — un camping

On retrouve ces mots dans divers domaines tels que le sport, la cuisine, les médias...

un kimono — une pizza — un mail

217 Sans dessus dessous

→ **Remets les lettres dans l'ordre pour retrouver le mot d'origine étrangère correspondant à chaque définition.**

1) Énorme glaçon flottant à la surface de la mer, dont on ne voit qu'une petite partie au-dessus du niveau de l'eau.

g b i e c r e ....

2) Fin de la semaine.

e w e d e n k ....

3) Jeu de réflexion consistant à placer les chiffres de 1 à 9 dans une grille.

u d o s k u ....

4) Sport de ballon dont le but est de marquer des paniers.

t b s a e k ....

5) Verbe synonyme d'« adorer ».

i e f r f k ....

6) Jeu consistant à lire et chanter les paroles d'une chanson sur une bande musicale.

o é k k a a r ....

7) Emplacement destiné au stationnement des véhicules.

i k g a p r n ....

Le cercle

mémo

Le cercle est une ligne courbe et fermée dont tous les points se trouvent à égale distance du centre. La droite qui passe par le centre et traverse le cercle s'appelle le diamètre, la moitié du diamètre est le rayon.

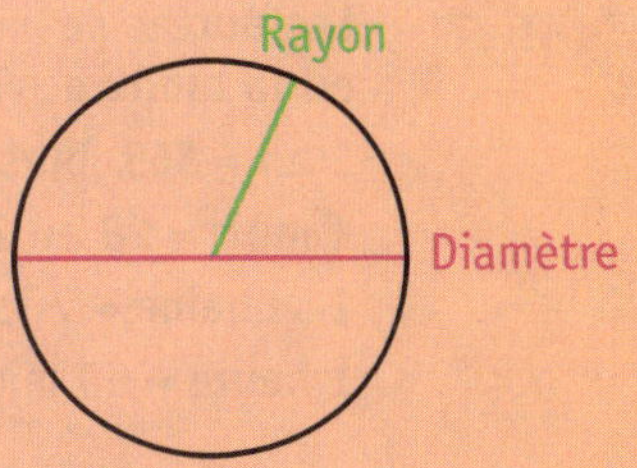

218 Art moderne

➜ **Compte combien de cercles se sont emmêlés.**

Les durées

mémo

Les durées se mesurent en utilisant des instruments particuliers comme le **calendrier** ou la **montre**. Voici les **unités de mesure** des durées.

1 an = 365 jours = 12 mois = 52 semaines

1 mois = 28 ou 29 jours en février, 30 ou 31 jours pour les autres mois.

1 semaine = 7 jours et 1 jour = 24 heures

1 heure = 60 minutes et 1 minute = 60 secondes

219 Au fil du temps

→ **Retrouve les instruments de mesure de durée dans cette grille.**

X	K	I	E	R	T	E	M	O	N	O	R	H	C	S
W	D	M	E	R	T	N	O	M	M	I	P	V	Q	A
E	R	I	A	L	O	S	N	A	R	D	A	C	P	B
R	E	I	R	D	N	E	L	A	C	X	R	B	V	L
E	G	O	L	R	O	H	P	E	N	D	U	L	E	I
T	W	Q	X	N	C	L	E	P	S	Y	D	R	E	E
A	D	N	E	G	A	A	E	B	O	U	G	I	E	R

AGENDA
BOUGIE
CADRAN SOLAIRE
CALENDRIER
CHRONOMÈTRE
CLEPSYDRE
HORLOGE
MONTRE
PENDULE
SABLIER

220 Séjour balnéaire

→ **Relève les informations et réponds à la question.**

La famille Ebasse part pour un séjour au bord de la mer. Ils installent leur caravane sur un emplacement loué du 15 juillet (inclus) au 10 août (inclus) au camping du « Lagon profond ».

Combien de jours le petit Omar et ses parents restent-ils au camping ?

Les différents sens d'un mot

mémo

Certains mots peuvent avoir plusieurs sens.
On dit qu'ils sont polysémiques.

Dans une phrase ou dans un texte, pour savoir quel sens du mot est utilisé, il faut repérer les mots qui sont autour. C'est ce qu'on appelle le contexte.

221 Hissez haut

→ **Choisis le drapeau pouvant remplacer le verbe « prendre » conjugué sur chaque coque.**

222 « Dresser » les cheveux sur la tête

→ **La maîtresse a dit à Julie qu'elle avait trop utilisé le verbe « dresser » dans sa rédaction. Aide-la à éviter les répétitions sachant que A = 0, B = 1 etc.**

Dresser l'oreille, c'est 4 / 2 / 14 / 20 / 19 / 4 / 17 ....

Dresser sa tente, c'est la 12 / 14 / 13 / 19 / 4 / 17 ....

Dresser un animal sauvage c'est le 3 / 14 / 12 / 15 / 19 / 4 / 17 ....

Dresser une liste de choses à faire, c'est l' 4 / 2 / 17 / 8 / 17 / 4 ....

grand Jeu des

Emplacement vide !

Qui a osé voler son trésor à Robert le Rouge ?
Démasque le coupable grâce aux indices !

- il n'a pas de jambe de bois
- il porte un bandeau sur un œil
- il est entre deux innocents
- il n'a pas de boucle d'oreille
- sa ceinture n'est pas rouge

Bizarre, bizarre...

Trouve les 6 anomalies présentes dans cette double-page.

PIRATES

Oups !

Replace vite les pièces du bateau aux bons endroits avant qu'il ne prenne le large !

Terreur des mers

Utilise le code A = 1, B = 2 etc. pour découvrir le nom du bateau des pirates.

12.5
18.5.4.15.21.20.1.2.12.5

La symétrie

mémo

Pour savoir si deux figures sont symétriques par rapport à une droite que l'on appelle **axe de symétrie**, on plie la figure et les deux parties se superposent.

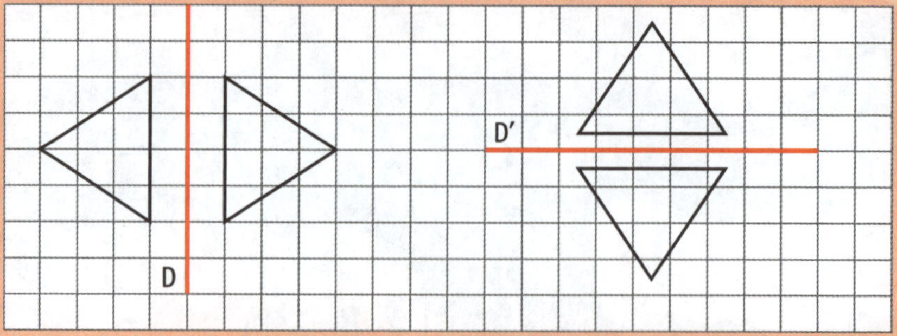

L'axe de symétrie peut être **vertical**, **horizontal** ou en **diagonale**.

223 Maison de fée

→ **La fée D. Bétiz a loué une maison au bord de l'eau. Entoure les 6 anomalies sur le reflet.**

224 Ça ne lui ressemble pas

→ **Une seule figure est la symétrique du modèle, laquelle ?**

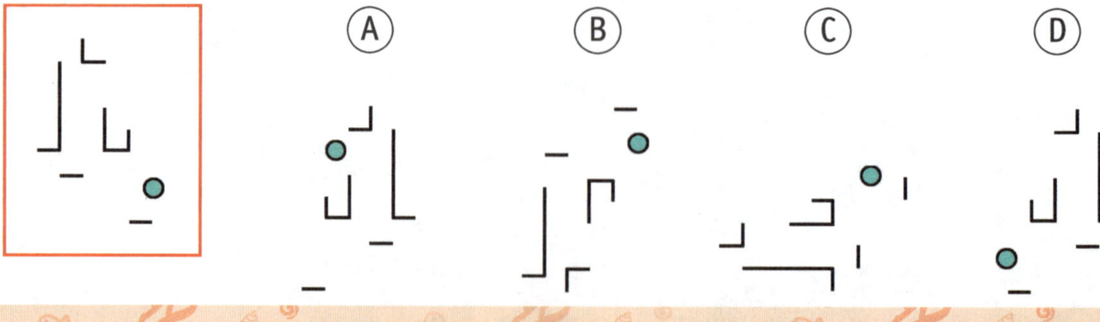

La segmentation

mémo

Segmenter un texte, c'est **séparer les mots, les phrases, les paragraphes.**
Il est essentiel d'utiliser la compréhension du texte et la prise d'indices.
ex. : Ellesjouentsurlaplage. *Elles jouent sur la plage.*

225 Serrés comme des sardines

→ **Trace un trait pour séparer les mots et les phrases. Identifie ensuite chaque mot et réponds dans la grille pour lire le nom d'un synonyme de lutin.**

Danslaforêt,unnouveaulutinvientdenaître.Lachouetteannoncesavenue àtouslesanimaux:ilestpetit,maisilpeutjouer,fairedesgalipettesdansles feuilles,rireouchanter.Samèrel'amènetouslesmatinsaupieddugrand chêne.Danslaforêt,lelutinestdevenuunamidelasourisetilssepromènent ensemble.

1. nombre de phrases
2. dernier mot de la 1re phrase
3. 1er mot de la 3e ligne
4. 3e mot de la 1re phrase
5. 2e mot de la 2e phrase
6. 1er mot de la 2e phrase
7. 1er mot de la dernière phrase
8. 2e mot de la 3e phrase

Lire un poème

mémo

Un poème est fait de groupes de mots disposés particulièrement et qui ont parfois un même nombre de syllabes : ce sont des **vers**. Ces vers peuvent être groupés en **strophes**.

Les vers d'un poème peuvent se finir par des mots dont le dernier son est le même : c'est la **rime.**

Lire de la poésie, c'est apprendre à jouer avec les mots : **sens, musicalité, rimes, disposition.**

226 Prête-moi ta plume…

→ **En t'aidant des rimes, complète ce poème puis imagine un titre.**

....

Lorsque minuit sonnait douze coups
Devait sortir Monsieur coucou
Toutes les horloges tendaient le cou
Pour assister Maître ....

Elles étaient prêtes pour le départ
Du super concert ....
Pas de note laissée au hasard
Elles savaient jouer dans le noir ;

Alors personne n'a eu le trac
Du récital qui fait tic tac.

227 Quiz

→ **Relis le poème ci-dessus une fois complété.**

1) Combien y a-t-il de vers dans ce poème ?

8 — 10 — 12

2) Comment appelle-t-on des rimes identiques sur deux vers successifs ?

des rimes amoureuses — des rimes siamoises — des rimes plates

3) Comment appelle-t-on un vers de 12 pieds ?

une flûte — un alexandrin — une chenille

4) Combien y a-t-il de vers dans la première strophe ?

2 — 4 — 6

Lire l'heure

mémo

Pour lire l'heure on utilise généralement **un cadran partagé en 12 parties égales**. Sur ce cadran, la grande aiguille indique les minutes, elle fait le tour du cadran en 1 heure. La petite aiguille indique les heures, elle fait le tour du cadran en 12 heures. Ces deux **aiguilles tournent** dans le même sens (**de la gauche vers la droite**).

La **petite aiguille** indique les heures (de 1 à 24).

La **grande aiguille** indique les minutes (de 00 à 60).

Il est midi et quart – 12 h 15.

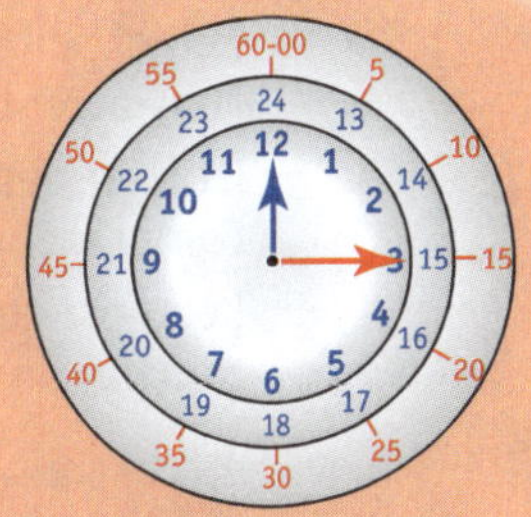

228 À la bonne heure !

➜ **Colorie les heures indiquées de la même couleur que les cadrans.**

16 : 00 | 20 : 00 | 9 : 15 | 3 : 45 | 7 : 30 | 8 : 00 | 15 : 45 | 19 : 30 | 21 : 15 | 4 : 00

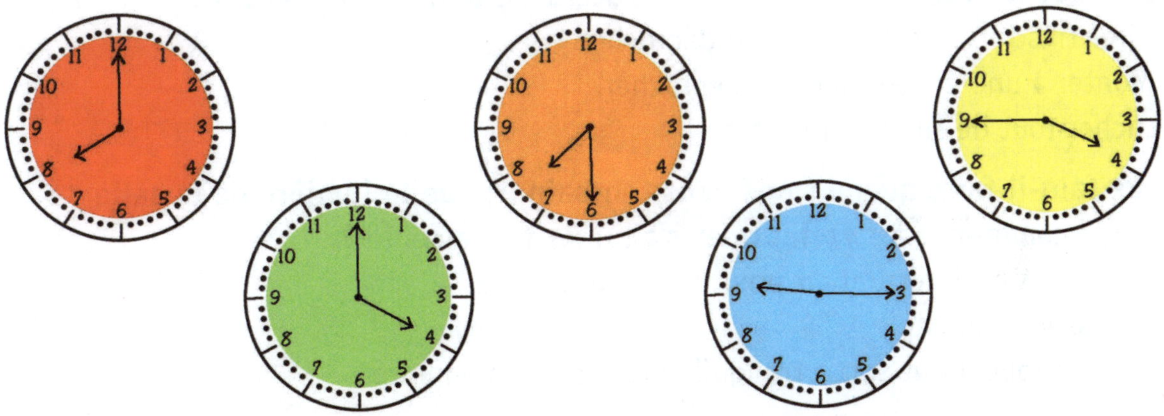

229 Remonter le temps

➜ **Le vieil horloger a mélangé les aiguilles des montres qu'il doit réparer. Aide-le à les replacer sur les bons cadrans en tenant compte des heures indiquées.**

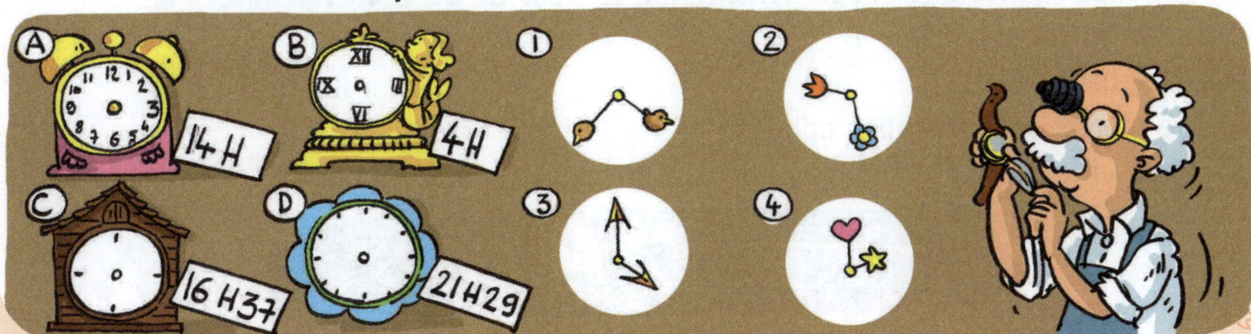

Les dangers de l'électricité

mémo

L'électricité est une **source d'énergie**, elle est utilisée à la maison et à l'extérieur. Mais attention, elle est **dangereuse** et elle peut tuer.

Utiliser des piles n'est pas dangereux, mais il faut **respecter des règles de sécurité** lorsque l'on branche des appareils sur le courant électrique.

L'eau est conductrice, elle « transporte » l'électricité. C'est pourquoi il ne faut jamais toucher un appareil électrique branché sur le secteur avec les mains ou les pieds humides.

230 La sécurité avant tout

→ **Prends le temps de bien réfléchir pour trouver les bonnes réponses.**

① **Que faut-il faire quand un orage éclate et qu'on se baigne ?**

a - Mettre sa tête sous l'eau et retenir son souffle jusqu'à ce que l'orage passe.
b - Sortir de l'eau en vitesse.
c - Sortir son parapluie pour se baigner au sec.

② **Que faut-il faire si ton cerf-volant s'accroche à un câble électrique ?**

d - Tirer très fort sur le fil pour le décrocher.
e - Monter à une échelle pour le décrocher.
f - Lâcher tout de suite le fil.

③ **Que faut-il faire quand tu es dans ton bain et que la lumière de la salle de bains commence à s'éteindre et s'allumer toute seule ?**

g - Appuyer sur l'interrupteur pour voir ce qui se passe.
h - Dévisser l'ampoule.
i – Ne rien toucher et sortir tranquillement de la baignoire.

④ **Que faut-il faire lorsque tu veux faire sécher ta serviette après t'être lavé ?**

j – Étendre la serviette mouillée sur le radiateur électrique.
k – Chauffer la serviette avec un sèche-cheveux en attendant qu'elle ne soit plus humide.
l - Étendre la serviette mouillée sur un porte-serviette.

⑤ **Que faut-il faire si tu veux utiliser ton lecteur de CD dont le câble d'alimentation est abîmé ?**

m – Ne plus l'utiliser.
n – Le réparer avec du ruban adhésif.
o – Utiliser le câble d'alimentation d'un autre appareil électrique.

La révolution industrielle

mémo

C'est un Écossais nommé James Watt qui met au point la première **machine à vapeur (1869)** et cette découverte va changer la face de l'industrie mondiale. En France, les **usines** sont implantées près des **mines de charbon** et ainsi les paysans vont quitter les campagnes pour venir à la ville et devenir des **ouvriers**, mais leurs **conditions de travail sont très dures.** La **première ligne de chemin de fer** est ouverte en **1823.** Le réseau ne va cesser de se développer. La navigation aussi profite de cette modernisation comme tous les **moyens de transport** car les **durées de trajet sont considérablement réduites.**

231 Au travail !

→ **Retrouve la chronologie des lois sociales qui ont permis d'améliorer le travail des ouvriers.**

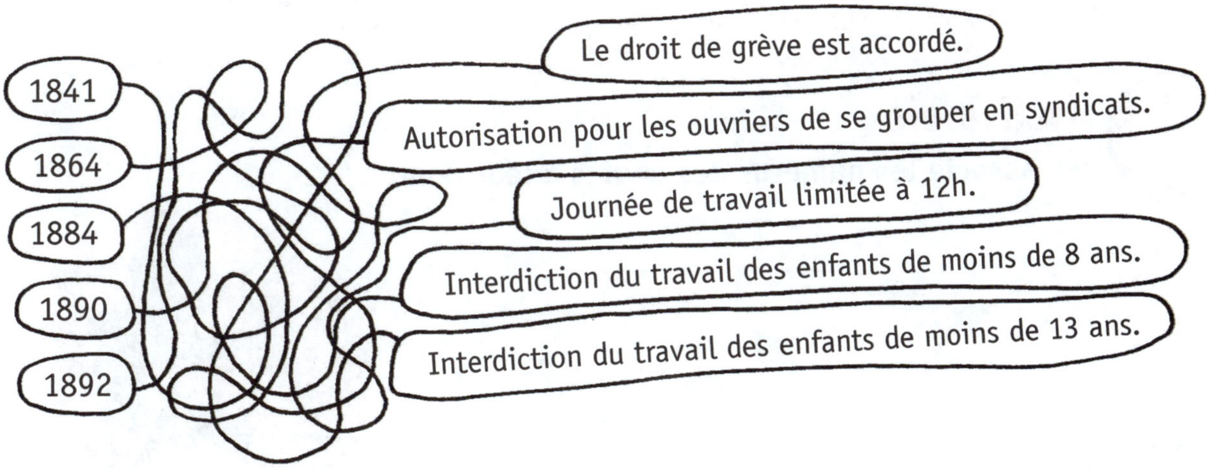

232 Par tous les moyens !

→ **Colorie les moyens de transport qui appartiennent au XIXe siècle.**

A 
B 
C 
D 

E 
F 
G 

H 
I 
J 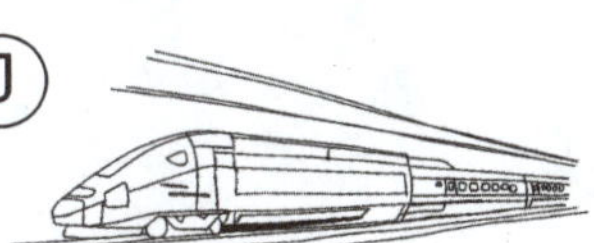

Les angles

mémo

Pour vérifier la nature d'un angle, on utilise l'équerre.

Un **angle droit**

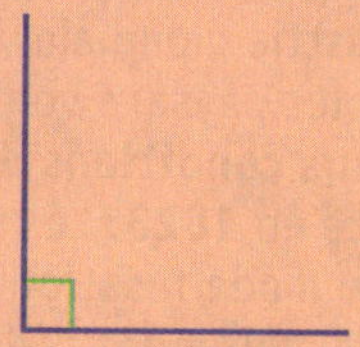

Un **angle aigu** est plus petit que l'angle droit.

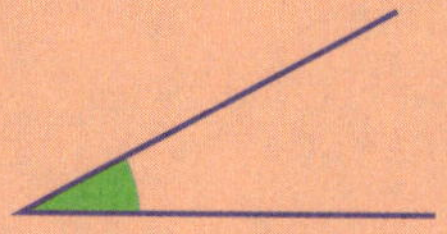

Un **angle obtus** est plus grand que l'angle droit.

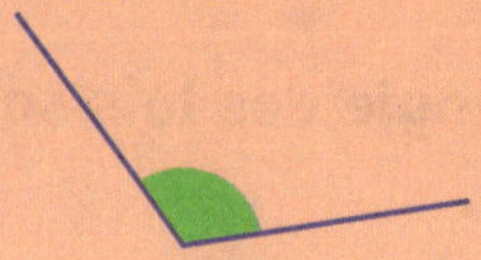

233 Méli-mélo

→ **Associe les numéros des angles à leur nom.**

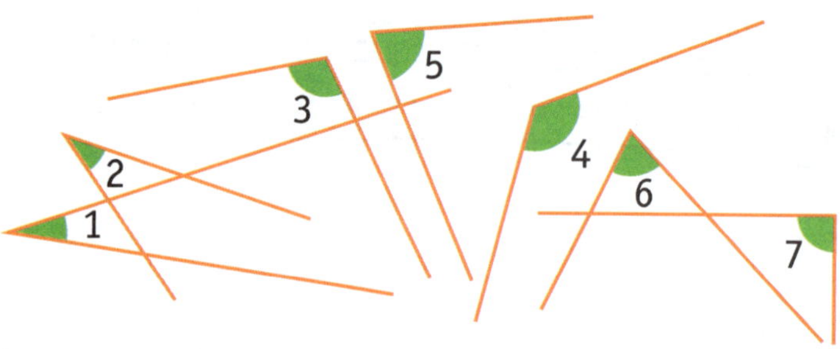

Angles obtus : .... Angles droits : .... Angles aigus : ....

234 Arrondir les angles

→ **Pour chaque modèle, entoure l'ombre qui lui correspond.**

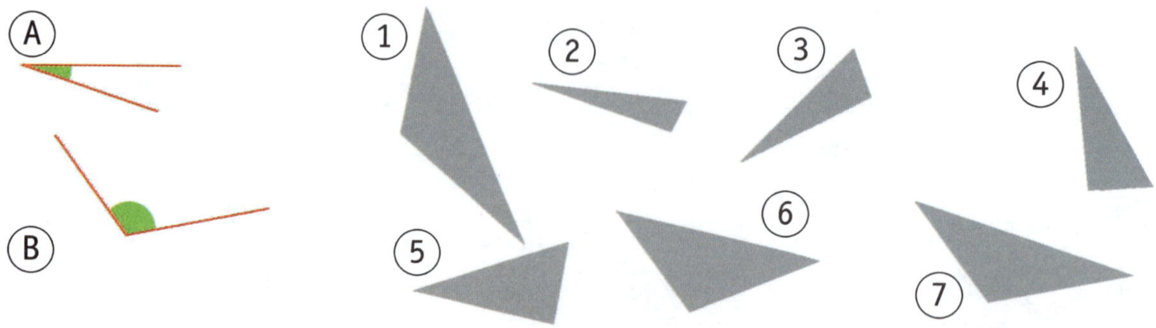

Le vocabulaire de la bande dessinée

mémo

La bande dessinée utilise, en plus du dessin, un **langage écrit particulier**.

Les **dialogues** dans les **bulles** sont souvent en langage courant ou familier.

Hors bulles, des groupes nominaux peuvent renseigner le lecteur sur le lieu ou le temps de l'histoire. Ce sont des **didascalies**. *Trois jours plus tard…*

Enfin, des **onomatopées** complètent l'ambiance sonore. *Plaf ! Boum !*

235 Faire la planche…

→ **Place le nom de chaque partie de cette page de bande dessinée dans la grille. Les lettres grises te diront ce qu'est un phylactère.**

BANDE CARTOUCHE LETTRAGE PLANCHE VIGNETTE

236 PIF, PAF, POUF !

→ **Complète les cases de la BD ci-dessus avec les onomatopées qui correspondent aux situations.**

Le passé simple de l'indicatif

mémo

Au passé simple de l'indicatif, les terminaisons varient pour chaque groupe :
- 1er groupe : **- ai, - as, -a, -âmes, -âtes, -èrent**
- 2e groupe : **- is, - is, - it, - îmes, - îtes, - irent**
- 3e groupe : **- us, - us, - ut, - ûmes, - ûtes, - urent** ou **- is, - is, - it, - îmes, - îtes, - irent**

237 Tout à coup, il comprit

→ Complète les définitions avec les bons verbes conjugués puis reporte-les dans la grille.

but
cirèrent
commirent
creusa
crut
dégainèrent
éteignit
navigua
trahirent

Horizontal
1. Ils … une erreur.
2. Les rebelles … leur chef.
6. Il …. un trou.
9. Les cow-boys …. leurs armes.

Vertical
3. Ils ….. leurs chaussures
4. Le bateau …. durant une semaine.
5. Il …. qu'il s'était trompé.
7. Il avait soif, il ......
8. Elle …. la lumière.

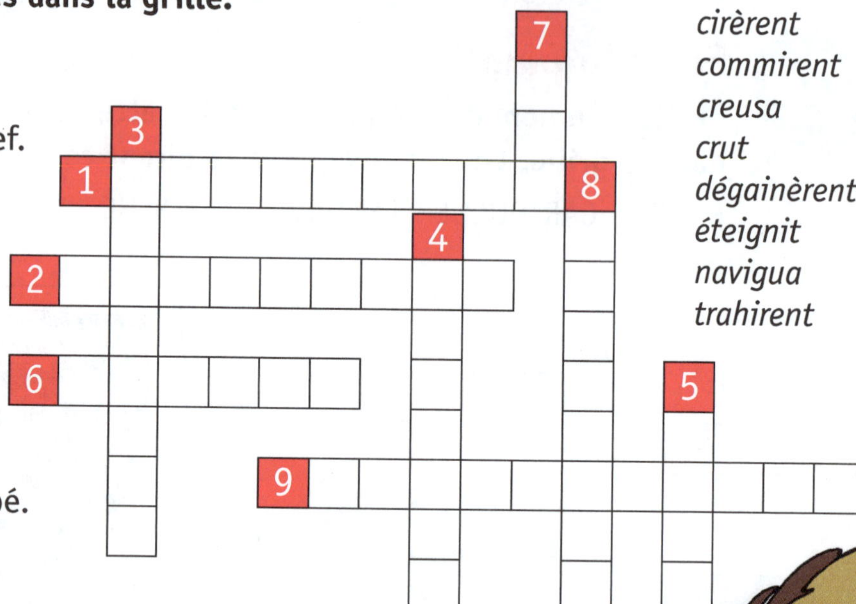

238 Rébus

→ Décode ce rébus pour savoir ce qu'Émile pense du passé simple.

Calcul mental

mémo

Pour **calculer rapidement** il faut savoir manipuler le double (x 2), la moitié (÷ 2), le triple (x 3), le tiers (÷ 3), le quadruple (x 4) et le quart (÷ 4) des nombres.
Nombre choisi 12 : le double 24, le triple 36, le quadruple 48, la moitié 6, le tiers 4, le quart 3

239 Un peu d'histoire

→ **Suis le chemin qui te permet d'atteindre la case rouge, effectue les opérations et tu découvriras l'année du sacre de Charlemagne.**

240 La suite…

→ **Complète la suite logique et découvre combien d'années a régné Charlemagne.**

11,5						

Moitié — Quadruple — Moitié — Double — Quadruple — Moitié

Les noms terminés par -ail, -eil, -euil, -aille, -eille, -euille

mémo

Les noms **masculins** en **-ail, -eil, -euil** se terminent par « **l** ».
ex. : un épouvantail - le sommeil - un fauteuil
Attention aux mots formés à partir du mot « feuille » : le portefeuille - du chèvrefeuille
Les noms **féminins** terminés par **-ail, -eil, -euil**, doublent le « **l** » et prennent un **e**.
ex. : une médaille - une corneille - la feuille

241 Au travail !

→ **Complète la grille à l'aide des définitions.**

Horizontal

2. les trains roulent dessus
5. les poules, les canards, les oies…
6. pour éloigner les oiseaux
9. fabrique le miel
10. matière qui protège les dents

Vertical

1. petit fruit acidulé en forme de boule
3. pour ranger son argent
4. organe de l'ouïe
7. nous en avons cinq à chaque pied
8. fenêtre d'église colorée

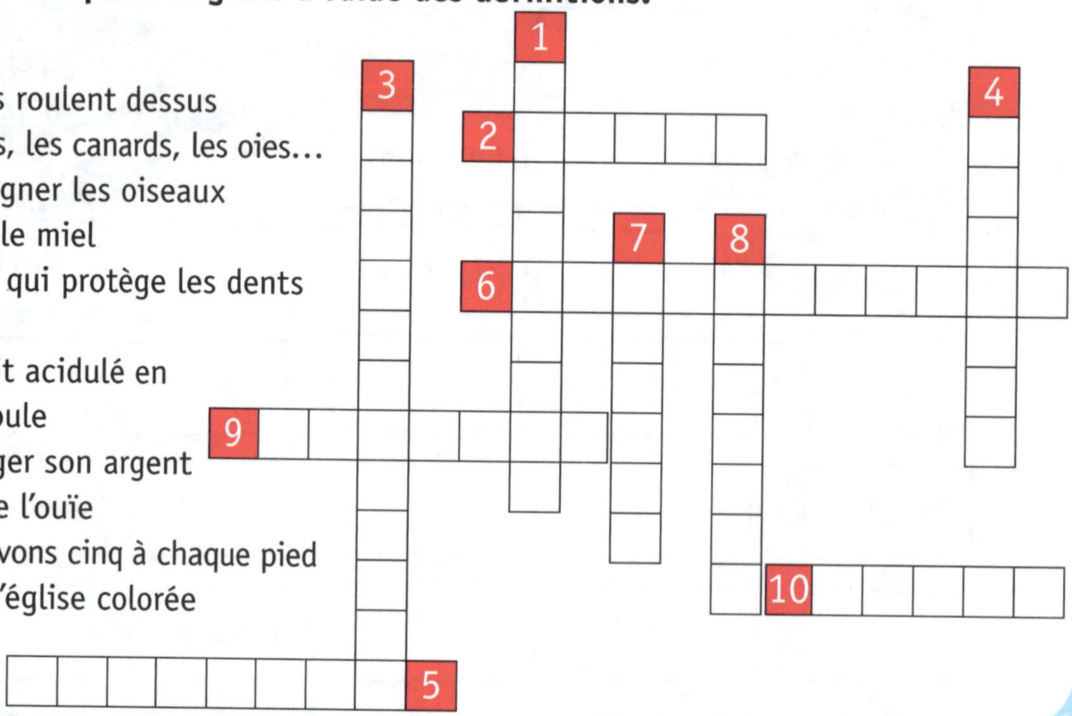

242 Avoir l'œil…

→ **Retrouve les mots de la liste dans la grille.**

L	I	A	N	R	E	V	U	O	G	L	P
I	L	A	R	S	O	M	M	E	I	L	A
E	C	U	R	E	U	I	L	U	P	N	I
V	E	E	L	L	I	U	E	F	A	U	L
E	R	L	I	A	T	R	O	P	L	T	L
R	L	E	B	A	T	A	I	L	L	E	E

BATAILLE
ÉCUREUIL
FEUILLE
GOUVERNAIL
PAILLE
PORTAIL
RÉVEIL
SOMMEIL
TREUIL

Les symboles de l'Union européenne

mémo

Les symboles de l'Union européenne s'apparentent à ceux des nations qui la composent. On retrouve un **drapeau**, un **hymne**, une **devise**, une journée spéciale (« la journée de l'Europe ») et même, pour un certain nombre de pays (16), une **monnaie unique : l'euro (€).**

243 Quiz

→ **Entoure la bonne réponse.**

1) Que signifient les étoiles sur le drapeau ?

a - Elles représentent la solidarité et l'union entre les peuples de l'Europe.

b - C'est le nombre de pays membres de la CE.

c - C'est le nombre de pays qui composaient l'UE au moment où le drapeau a été choisi.

2) La devise de l'UE est :

a - Nous croyons en Dieu. b - Unie dans la diversité. c - Tous pour un euro.

3) La date de la journée de l'Europe est le :

a - 14 juillet. b - 9 mai. c - 6 juin.

4) Quel est le nom de l'hymne européen ?

a - L'hymne à l'amour. b - L'internationale. c - L'ode à la joie.

244 Les mots de l'Union européenne

→ **Retrouve les mots de la liste dans la grille.**

D	I	V	E	R	S	I	T	E	X	B	T
X	U	A	E	P	A	R	D	M	P	E	S
D	E	M	O	C	R	A	T	I	E	E	C
S	Y	M	B	O	L	E	S	T	R	T	I
P	R	V	F	P	I	S	I	E	P	H	T
A	M	P	T	A	P	R	I	A	M	O	O
I	A	A	N	E	E	T	Y	X	D	V	Y
X	V	N	R	P	N	S	J	O	I	E	E
O	O	I	S	O	D	E	D	O	E	N	N
M	T	O	R	R	E	T	O	I	L	E	S
E	R	F	C	U	S	E	N	M	Y	H	T
P	X	A	D	E	A	K	U	N	I	O	N

BEETHOVEN
CITOYEN
DÉMOCRATIE
DIVERSITÉ
DRAPEAUX
ÉTOILES
EUROPE
FRONTIÈRES
HYMNES
JOIE
MONNAIE
ODE
PAIX
PAYS
PROSPÉRITÉ
SYMBOLES
UNION

La phrase complexe

mémo

On peut réunir plusieurs phrases simples en une phrase complexe, qui contiendra donc **plusieurs verbes conjugués**. Chaque partie qui contient un verbe conjugué s'appelle une **proposition**.

245 Destination de vacances

→ **Colorie en respectant le code et tu découvriras le drapeau du pays où Élodie passera ses vacances.**

phrase simple ■
phrase complexe avec deux propositions ■
phrase complexe avec trois propositions □

1) Elle ouvre la porte et accueille son invitée.
2) Je termine mon repas.
3) Nous regardons un film où il est question d'un homme qui est seul sur une île déserte.
4) J'aime me promener en forêt et j'essaye de voir des animaux.
5) Cette température est estivale.
6) On a loué un vélo que l'on peut conduire à quatre donc on va bien s'amuser.
7) Tous se comprenaient, s'entendaient, ils parlaient une même et unique langue.
8) J'adore sentir le vent dans mes cheveux.
9) Cette maison fut construite par un homme qui avait beaucoup de courage.
10) Laure a un bouton sur la joue donc elle s'est bien maquillée pour que cela ne se voit pas.
11) La salle n'est pas ouverte au public car on y fait des travaux.
12) Mon vélo a déraillé.

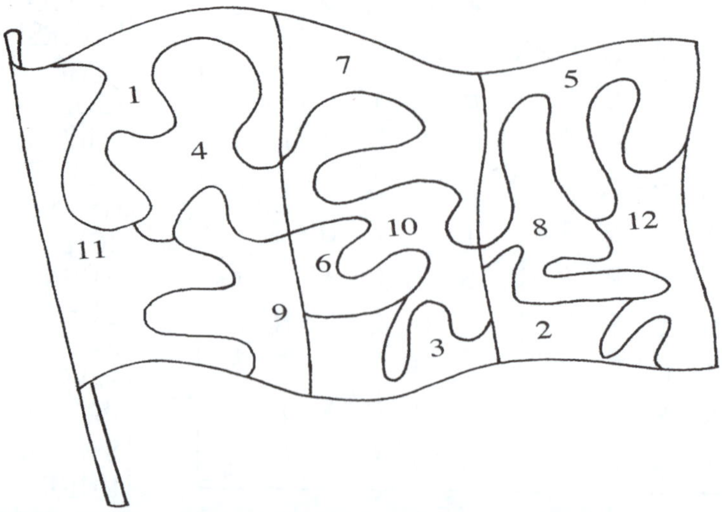

Les solides

mémo

Un solide est une **forme géométrique** qui possède **trois dimensions** (**hauteur, largeur** et **profondeur**).

Un cube

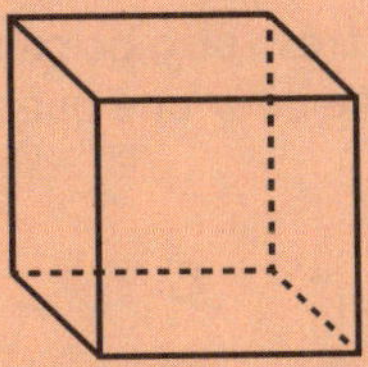

Un pavé

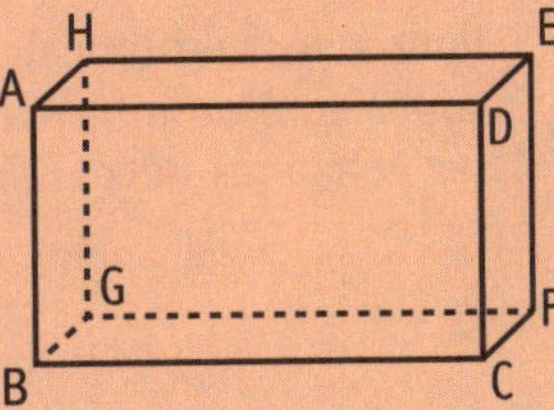

246 Un bon patron

→ **Colorie de la même couleur les patrons du cube.**

247 Tout en carton

→ **Combien comptes-tu de pavés dans cette pyramide ?**

Calculer des durées

mémo

Les durées se mesurent avec les **nombres sexagésimaux** (jusqu'à 60).

1 heure = 60 minutes **1 minute = 60 secondes**

Pour effectuer un calcul de durées, il faut très souvent **convertir** une valeur dans l'unité supérieure ou inférieure. On procède comme pour une opération classique puis on effectue les échanges nécessaires.

248 Tête d'affiche

→ **Colorie l'affiche du film qui se finira le plus tard dans la soirée.**

début du film à 20h50
durée 1h55
fin du film ....

début du film à 20h20
durée 2h15
fin du film ....

début du film à 21h05
durée 1h20
fin du film ....

249 La tête sous l'eau

→ **Indique combien de temps a duré l'absence de Marc.**

Marc sort de sa tente, il regarde sa montre, il est 14 heures et 10 minutes. Il va passer du temps à la plage de "l'écume" qui se trouve à 8 kilomètres de son camping. Aujourd'hui, il veut essayer de battre son record de nage sous l'eau en apnée qui est de 3 minutes 25 secondes. Il rentre ensuite chez lui par le même chemin et arrive 25 minutes après sa sœur qui est rentrée à 16 h 30 du mini club.

Le vocabulaire de la télévision et des médias

mémo

Lorsque tu écris un texte, ton vocabulaire doit être précis, varié et utilisé correctement.
Le domaine de la **télévision** et des **médias** dispose d'un vocabulaire bien particulier.
Il permet de **différencier** des notions qui pourraient sembler similaires.

250 Silence, on tourne !

→ **Associe le mot et sa définition.**

1) Il enregistre les scènes ou les émissions.
2) Elle s'occupe de la coiffure des acteurs.
3) Elle s'occupe des habits des acteurs.
4) Il prend la place des acteurs s'il y a trop de danger.
5) Il enregistre tous les bruits.
6) Il dirige la réalisation du film ou de l'émission.
7) Il invente les histoires.
8) Elle joue un personnage.

A) réalisateur
B) preneur de son
C) actrice
D) coiffeuse
E) scénariste
F) costumière
G) cascadeur
H) cameraman

A	B	C	D	E	F	G	H

251 Pour bien communiquer

→ **Complète la grille à l'aide des définitions.**

Horizontal

3. discussion.
4. première page d'une revue.
6. télécopieur qui transmet un document scanné.
7. tu peux en laisser un après le bip sur un téléphone.
9. message écrit distribué par le facteur.

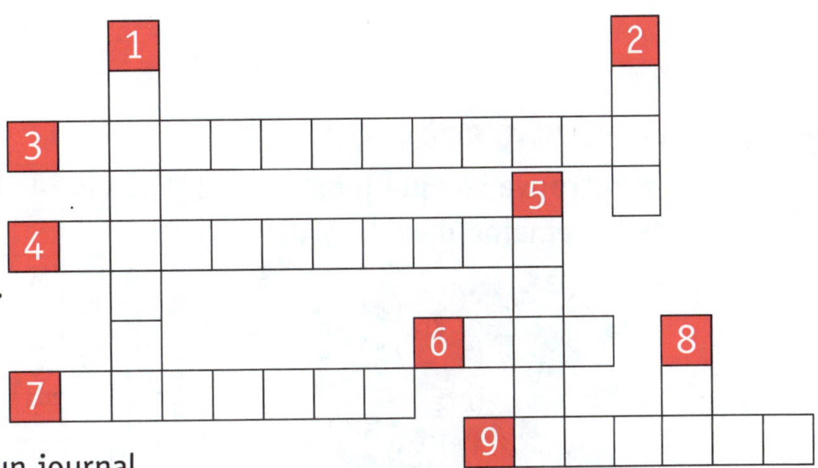

Vertical

1. disposition du texte dans un journal.
2. information principale qui ouvre un journal.
5. message envoyé par Internet.
8. abréviation de journal télévisé.

A week at school (une semaine à l'école)

mémo

The week (la semaine)

Monday	Tuesday	Wednesday	Thursday	Friday	Saturday	Sunday
Lundi	Mardi	Mercredi	Jeudi	Vendredi	Samedi	Dimanche

In your schoolbag (dans ton cartable) :

board — book — glue stick — rubber — ruler — pencil case — pencil — colouring pencils — scissors

252 Les bons outils

→ **Complète la grille en t'aidant des dessins et du mémo ci-dessus.**

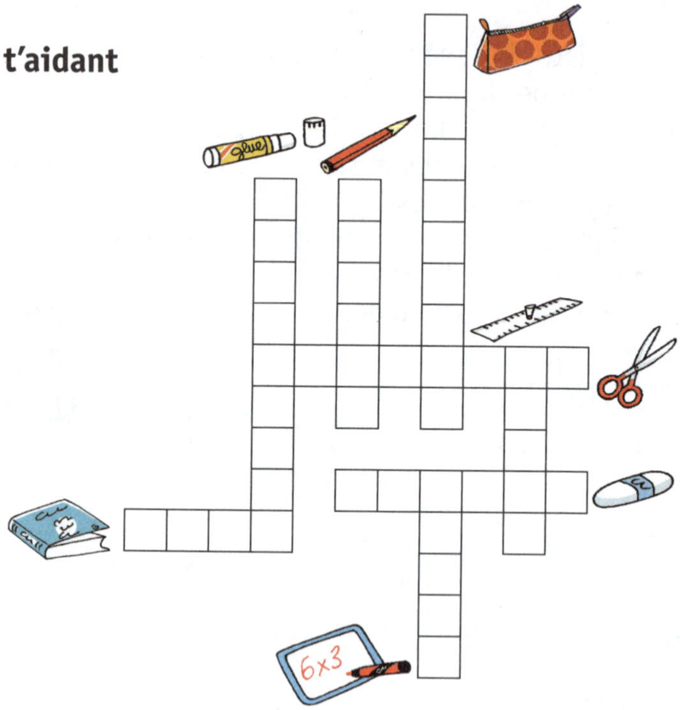

253 A good week

→ **Retrouve chaque jour de la semaine dans la grille.**

M	E	M	A	W	E	D	N	E	S	D	A	Y
Y	A	O	S	A	T	R	W	E	D	M	A	A
Y	A	N	M	O	W	A	D	Y	E	D	F	D
E	N	D	O	R	X	F	E	H	S	T	R	R
T	H	A	S	D	A	R	R	E	U	Y	O	U
N	R	Y	E	R	A	M	U	I	N	I	T	T
S	R	A	T	E	U	T	D	O	D	R	H	A
U	N	E	O	M	U	H	T	Y	A	A	I	S
R	M	T	L	R	E	A	T	S	Y	V	Y	W

Utiliser une calculatrice

mémo

Connaître le fonctionnement d'une calculatrice facilite l'organisation des calculs. Cela permet aussi d'**aller plus vite** et de **valider ses résultats opératoires.**

254 Pas touche !

→ **Colorie ce qui s'affiche à l'écran quand on tape sur les touches demandées.**

ON	3	6	9	+	7	4	=	CE	
↓	↓	↓	↓	↓	↓	↓	↓	↓	↓
0	3	6	963	+	7	4	443	CE	
On	0	36	9	rien	+	74	rien	0	
rien	rien	63	369	369	9637	96374	=	rien	

ON	5	3	6	-	2	4	7	=	CE
↓	↓	↓	↓	↓	↓	↓	↓	↓	↓
On	0	53	635	-	2	4	7	=	0
0	5	3	536	rien	-	rien	=	289	ce
rien	Rien	35	563	536	rien	24	247	ce	rien

ON	3	8	4	x	2	8	=	CE	
↓	↓	↓	↓	↓	↓	↓	↓	↓	↓
0	3	83	343	384	x	8	=	ce	
On	0	38	384	x	+	28	10752	rien	
rien	rien	8	4	0	2	8	rien	0	

ON	9	7	2	9	÷	8	4	6	=	CE
↓	↓	↓	↓	↓	↓	↓	↓	↓	↓	↓
rien	6	7	26	9729	-	÷	84	6	115	rien
On	0	67	2	-	9729	rien	4	846	=	0
0	9	97	972	9	÷	8	8	4	11.5	ce

GRAND JEU

Le Professeur Gétrouvé aime tous ses robots, mais il a tout de même un préféré : c'est son petit dernier. Lis les indices pour savoir duquel il s'agit.

Il a des antennes sur la tête.
Il n'est pas monté sur roulettes.
Ses yeux sont ronds.
Il n'a pas de cadran à aiguilles sur lui.
Il n'a pas la forme d'un animal.

Code PIN

3	1	6	5	8	7			9
	4	5	1		9	6	7	8
		9	2	4		1		5
1			4	5	8	7	9	6
4	5	7	6			3	8	2
6	9	8	3			4		
5		1		2		9	6	
	7		9		3	5		4
9	6	4		1	5	8		3

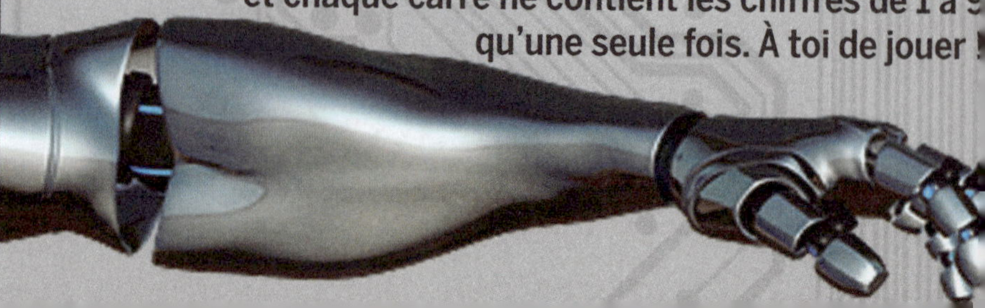

Le code PIN de ce robot est verrouillé, il fau résoudre ce sudoku. Chaque ligne, chaque colonne et chaque carré ne contient les chiffres de 1 à 9 qu'une seule fois. À toi de jouer !

DES ROBOTS

Ces robots n'ont pratiquement plus d'énergie, un seul est correctement branché et pourra encore fonctionner dans quelques minutes. Suis les fils pour le reconnaître.

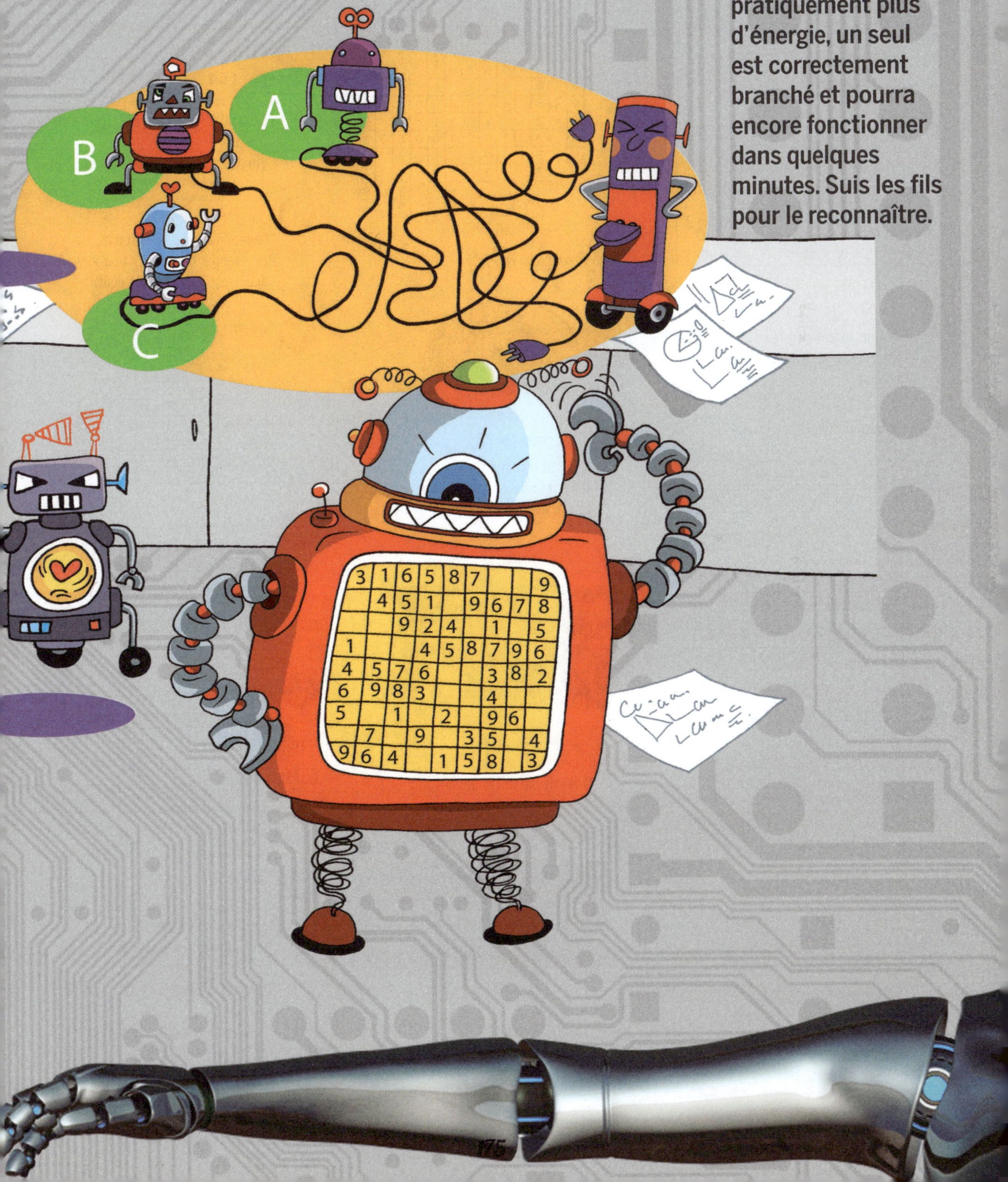

Solutions

1 Géographie (p. 8)

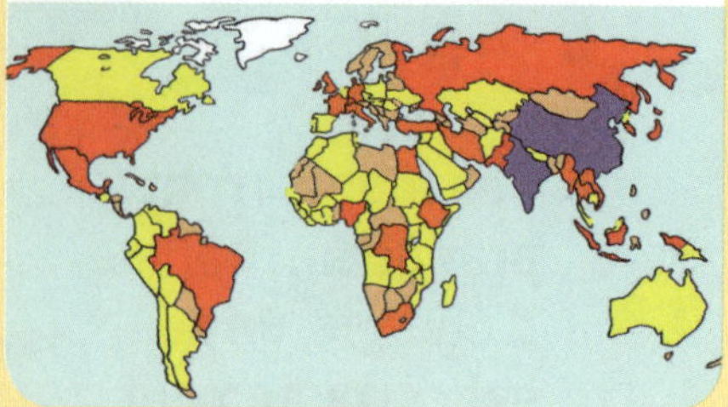

2 Histoire (p. 9)

M	O	N	T	E	S	P	A	N	I	X	S	O	A	M
T	R	E	B	L	O	C	E	R	T	O	N	E	L	O
U	L	F	R	G	W	U	M	A	Z	A	R	I	N	N
E	R	E	I	L	O	M	R	J	M	I	C	W	Y	S
I	B	O	N	S	F	O	U	Q	U	E	T	W	K	I
J	M	Z	H	L	N	O	N	E	T	N	I	A	M	E
H	O	O	E	N	I	A	T	N	O	F	A	L	N	U
D	A	R	T	A	G	N	A	N	N	X	Q	I	K	R

3 Histoire (p. 9)

Les trois ordres qu'il fallait trouver sont : le clergé, le tiers état et la noblesse.

4 Anglais (p. 10)

G	O	O	D		N	I	G	H	T					
G	O	O	D		M	O	R	N	I	N	G			

5 Anglais (p. 10)

6 Maths (p. 11)

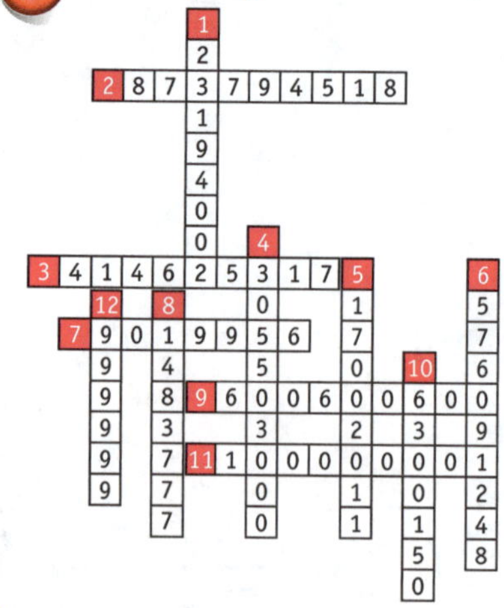

7 Français (p. 12)

8 Français (p. 12)

Il fallait recomposer les verbes suivants : devoir, guérir, danser, courir, avoir et prendre.

9 Maths (p. 13)

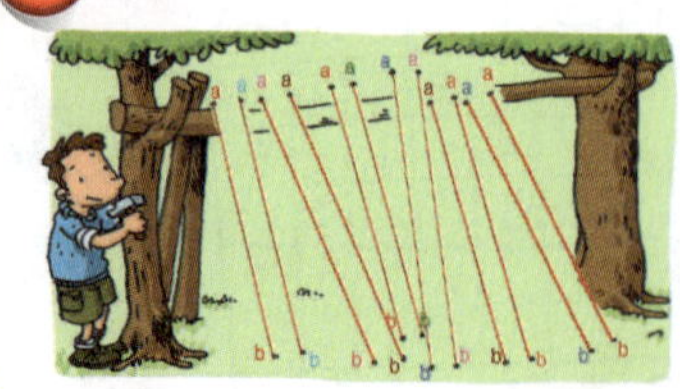

10 Maths (p. 13)

Il fallait barrer les dessins A, C et E.

11 Sciences (p. 14)

12 Sciences (p. 14)

13 Maths (p. 15)

43 162 759

Quarante trois millions cent soixante-deux mille sept cent cinquante-neuf

25 617

Vingt cinq mille six cent dix-sept

14 Maths (p. 15)

La réponse est 208 000 009

(2 / sang / huit / mi / lion / neuf) : deux cent huit millions neuf.

15 Maths (p. 16)

12 844

7 031 | 5 813

3 774 | 3 257 | 2 556

1 922 | 1 852 | 1 405 | 1 151

888 | 1 034 | 818 | 587 | 564

360 | 528 | 506 | 312 | 275 | 289

140 | 220 | 308 | 198 | 114 | 161 | 128

65 | 75 | 145 | 163 | 35 | 79 | 82 | 46

16 Maths (p. 16)

	1	5	9	7	8	3	4
+			8	7	6	4	6
+		3	8	9	4	5	8
	2	0	7	4	9	3	8

17 Français (p. 17)

C'est un voilier.

18 Français (p. 17)

Il fallait colorier de la même couleur les paires suivantes :

Nous attendons nos parents. / les (Nous les attendons.)

Il mange trop de bonbons. / en (Il en mange.)

Elle chante ma chanson préférée. / la (Elle la chante.)

19 Français (p. 18)

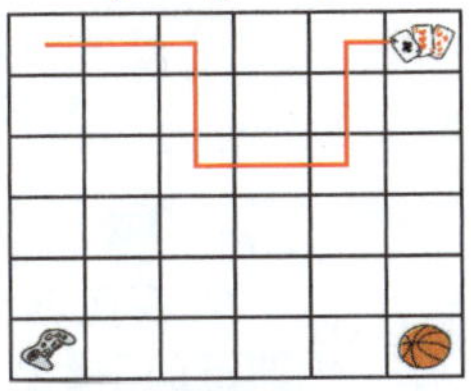

Toute la journée, il joue aux cartes.

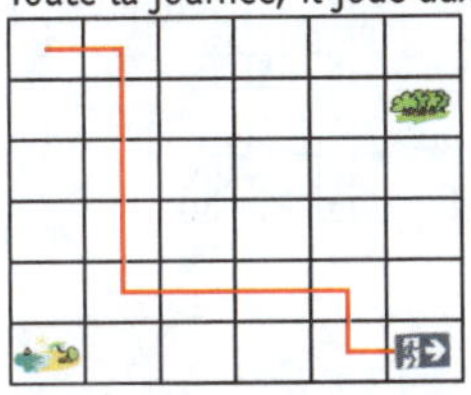

Nous nous approchons de la sortie.

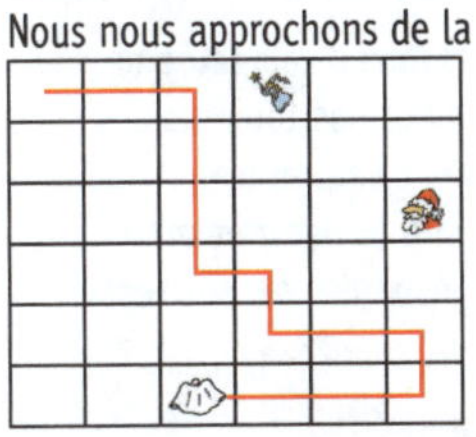

Je ne crois pas aux fantômes.

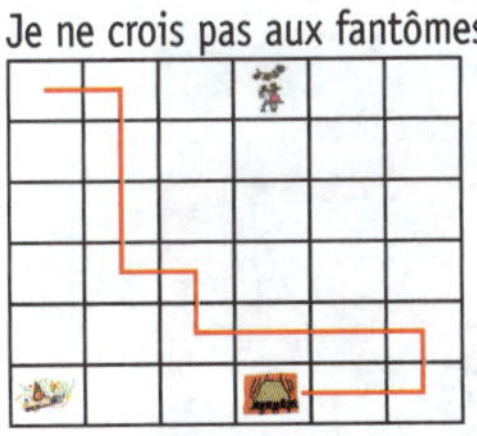

La fin de la colonie donne lieu à un spectacle.

20 Géographie (p. 19)

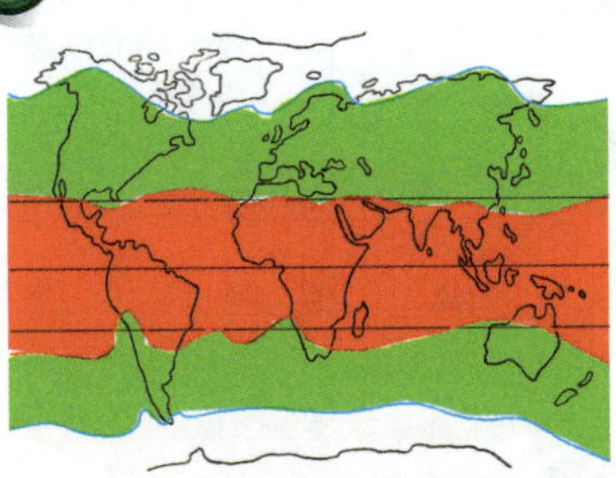

21 Maths (p. 20)

1 634 = 1 000 + 600 + 30 + 4
= (1 x 1 000) + (6 x 100)
+ (3 x 10) + (4 x 1)

28 643 = 20 000 + 8 000 + 600 + 40 + 3
= (2 x 10 000) + (8 x 1 000)
+ (6 x 100) + (4 x 10) + (3 x 1)

371 364 = 300 000 + 70 000 + 1 000 + 300
+ 60 + 4
= (3 x 100 000) + (7 x 10 000)
+ (1 x 1 000) + (3 x 100)
+ (6 x 10) + (4 x 1)

1 364 = 1 000 + 300 + 60 + 4
= (1 x 1 000) + (3 x 100)
+ (6 x 10) + (4 x 1)

22 Maths (p. 20)

5 684 = 5 000 x 600 + 80 + 4
46 987 = 40 000 + 6 000 x 900 + 80 + 7
3 951 = (3+1 000) + (9x100) + (5x10) x (1x1)
7 000 357 = 7 000 000 + 300 + 50 x 7
60 583 = (6x10 000) x (5+100) + (8x10) + (3x1)

23 Français (p. 21)

n'y / ou / ni / ni / Où.

24 Français (p. 21)

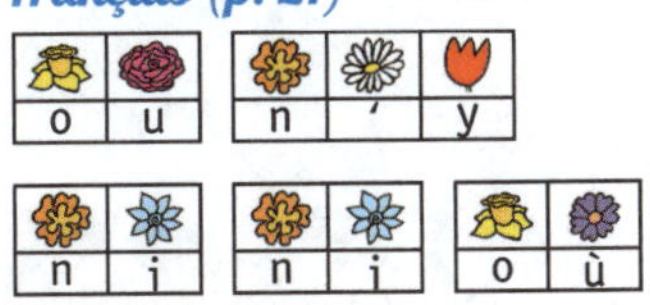

25 Maths (p. 22)

37 m / immeuble
5 mm / araignée
63 cm / bébé
2 dm / règle

26 Maths (p. 22)

Il fallait colorier de la même couleur les paires suivantes :
65 m / 65 000 mm
94 hm / 9 400 m
126 dam / 126 000 cm
316 km / 3 160 000 dm
1 974 m / 1,974 km

27 Français (p. 23)

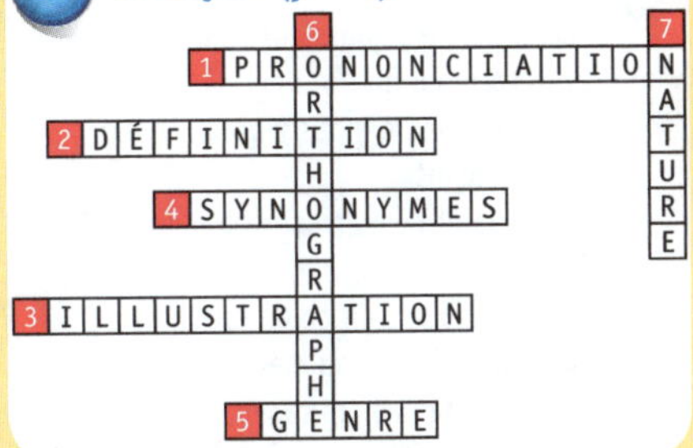

28 Français (p. 23)

1) dernier
2) vainqueur
3) dimanche

29 Français (p. 24)

mère
acteur
prince
poule
reine
indien
élève

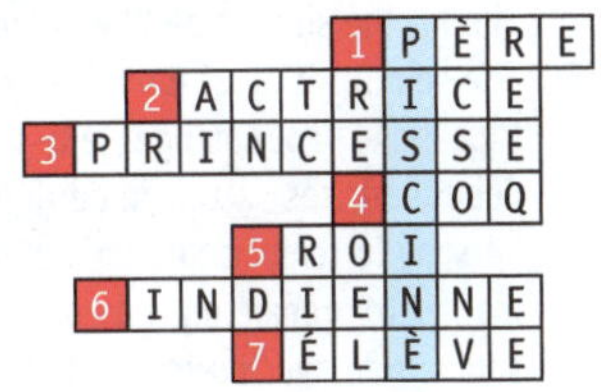

C'est la piscine !

30 Français (p. 24)

Chloé a emporté des lunettes, des bonbons, de la crème et un livre dans son sac de plage.

31 Géographie (p. 25)

1) Alpes. 2) Vosges. 3) Sierra Nevada. 4) Carpates. 5) Pyrénées. 6) Chaîne scandinave. 7) Oural. 8) Caucase. 9) Apennins. 10) Massif central. 11) Jura. 12) Balkans.

32 Français (p. 26)

Au bord de la plage, *les enfants / ils* / ~~nous~~ jouent dans les vagues.
Aujourd'hui, *ma sœur et moi* / ~~Julie et Karine~~ / *nous* allons regarder un super film au cinéma.
Pour le goûter, *elle / maman* / ~~tu~~ prépare des crêpes à la confiture.
Thomas et toi / ~~mes voisins~~ / *vous* chantez ma chanson préférée.

Solutions

33 Français (p. 26)

Clara **danse** aujourd'hui pour son spectacle de fin d'année.
À chaque récré, nous **rigolons** avec mes copains.
Mon grand-père **arrose** son potager tous les jours.
J'ai peur que mon chien grossisse : il **mange** du soir au matin !
J'**allume** la lumière car mon petit frère a peur dans le noir.

34 Français (p. 27)

La marmotte est un animal qui vit dans les montagnes. Elle se cache dans les rochers ou dans son terrier. La marmotte vit en famille. Comme la souris, la marmotte est un rongeur. Elle mange surtout de l'herbe, mais elle se nourrit aussi de vers et de sauterelles. Pour manger, elle se tient debout sur ses pattes de derrière. Lorsque la température baisse, la marmotte prépare un nid au fond de son terrier, avec du foin. Elle bouche l'entrée et s'endort pour tout l'hiver.
Il y a 16 noms au singulier et 5 au pluriel. C'est Max qui a raison.

Grand jeu de l'Aquarium (p. 28-29)

Rébus (p. 28)
Une maison sans chat est un aquarium sans poisson.
(une / mai / Z' / on / sang / chat / haie / 1 / A / K' / oie / riz / homme / 100 / poisson).

Joueur ou timide (p. 28)

Sans l'ombre d'un doute (p. 29)
La bonne ombre est celle portant le numéro 3.

Labyrinthe (p. 29)

35 Maths (p. 30)

Elles disposent de mille cinq cent quatre-vingt-dix-neuf euros.
Anaïs = 548 €
Séverine = 548 – 159 = 389 €
Julie = 389 + 273 = 662 €
Total = 548 + 389 + 662 = 1 599 €

36 Maths (p. 30)

nombre 1 = 2 058 (le plus petit)
nombre 2 = 3 621 (5 679 – 2 058)
nombre 3 = 3 478 (9 157 – 2 058 – 3 621)

37 Français (p. 31)

38 Anglais (p. 32)

Peter Pamela Scot Rachel

39 Anglais (p. 32)

- Hello, I'm Collin, what's your name?
- Hello, my name is Julia. And this is Samantha, my sister.

40 Maths (p. 33)

Jaimi Mesbasket = 122 km 550 m
Ella Sondada = 132 km 480 m
Luc et Habby Ciclète = 161 km 280 m
C'est Jaimi Mesbasket qui habite le moins loin du camping.

41 Français (p. 34)

42 Français (p. 34)

Les **poissons** d'eau **salée** ne ressemblent pas toujours aux **poissons** d'eau **douce**.
Savoir dire **bonsoir** et **merci** fait partie des règles de **politesse**.

43 Maths (p. 35)

44 Français (p. 36)

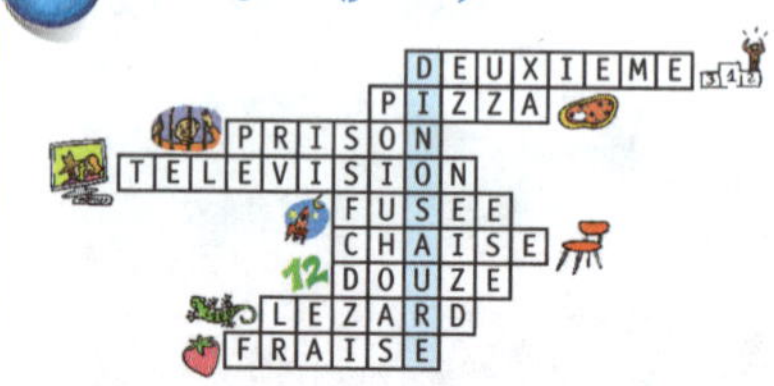

Le mot mystère est : dinosaure.

45 Français (p. 36)

Je n'ai pas eu de ~~désert~~ / **dessert** ce midi.
La raie est un ~~poison~~ / **poisson** tout plat.
Nous ~~visons~~ / **vissons** une vis dans le mur.
Le cyanure est un **poison** / ~~poisson~~ mortel.
Mon **cousin** / ~~coussin~~ habite à Marseille.
Nous **visons** / ~~vissons~~ la cible.

46 *Maths (p. 37)*

1 357 951 456	35 621 874	195 648 951	951 357 654	9 874 652 000
654 951 357	154 594 591	165 874 951	159 753 951	654 951 753
2 670 159	159 357 956	12 000 000 357	123 456 789	159 654 999
123 000 800	102 104 106	149 000 951	951 000	159 357 951
75 003 156 254	159 648 000	546 025	64 000 000	687 950 003

Le nombre restant est : 159 357 951.

47 *Maths (p. 37)*

48 *Anglais (p. 38)*

I am
You are
He is
She is
It is
We are
You are
They are

49 *Anglais (p. 38)*

A- 1
B- 4
C- 2
D- 5
E- 3
F- 6

50 *Maths (p. 39)*

courgettes = 750 g
ail = 65 g
poivrons = 1 250 g = 1 kg 250 g
oignons = 450 g
aubergines = 550 g
tomates = 1 750 g = 1 kg 750 g

51 *Maths (p. 39)*

1) sucette
2) salade
3) vinaigrette
4) bouteille d'eau
5) fleurs dans le vase
6) lapin

52 *Français (p. 40)*

être / ~~avoir~~. ~~pleurer~~ / pleuvoir.
~~aller~~ / venir. pouvoir / ~~vouloir~~.
~~mettre~~ / mentir.

53 *Français (p. 40)*

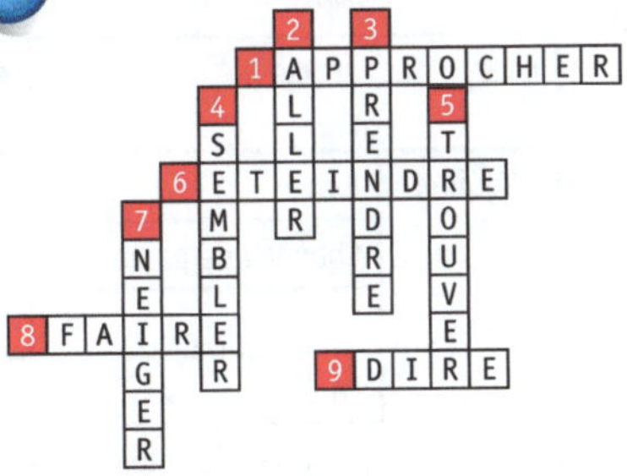

54 *Français (p. 41)*

Les quatre familles de mots sont les suivantes :

- glace / glacier / glaçon
- sable / ensablé / sablonneux
- soleil / ensoleillé / solaire
- jeu / jouer / joueur.

55 *Français (p. 41)*

Il fallait barrer les mots suivants, car ils n'appartiennent pas à ces familles de mots :

- euro, européen, ~~heureux~~, Europe ;
- ~~esprit~~, espoir, désespoir, espérance ;
- carrossier, ~~carotte~~, carrosse ;
- col, ~~coup~~, encolure, cou.

56 *Maths (p. 42)*

650 < **654** < 660
379 000 < 379 885 < **380 000**
123 654 980 < 123 654 982
< 123 654 990
958 < 959 < **960**
5 300 < 5 364 < 5 400
95 000 < 95 637 < 96 000
140 000 < 149 603 < **150 000**

57 *Maths (p. 42)*

800 000 000 < 900 100 368
< 900 000 000

58 *Français (p. 43)*

Les arbres **dépérissent**, les feuilles **jaunissent**, ou **noircissent**, le fond des rivières **verdit** et certaines espèces de poissons **finissent** par disparaître. Un déséquilibre de l'écosystème **surgit** alors.

59 *Français (p. 43)*

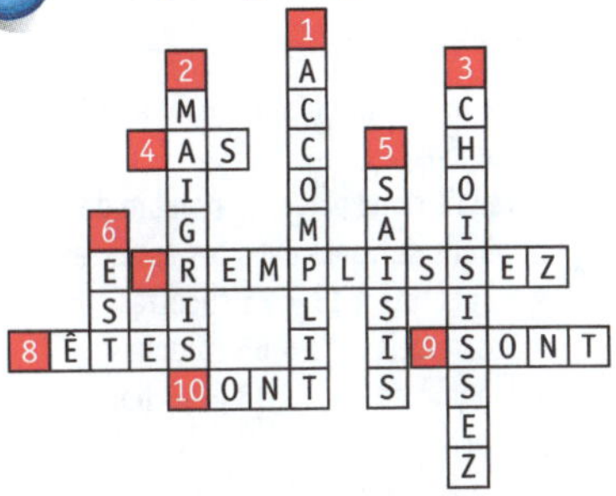

60 *Maths (p. 44)*

Il fallait barrer les dessins A, B et E.

61 *Maths (p. 44)*

Il fallait entourer l'ombre 3.

62 *Histoire (p. 45)*

1- 1682-1789 – Versailles : la résidence royale.
2- 1791 – la fuite du roi à Varennes.
3- 1789 – le peuple de France est affamé.
4- 14 juillet 1789 – la prise de la Bastille.
5- 1792 – la reine est emprisonnée avec la famille royale.
6- 1793 – la mort du roi.
7- 1793 – la mort de la reine.

63 *Histoire (p. 45)*

La bonne ombre est la E.

Solutions

64 Maths (p. 46)

65 Maths (p. 46)

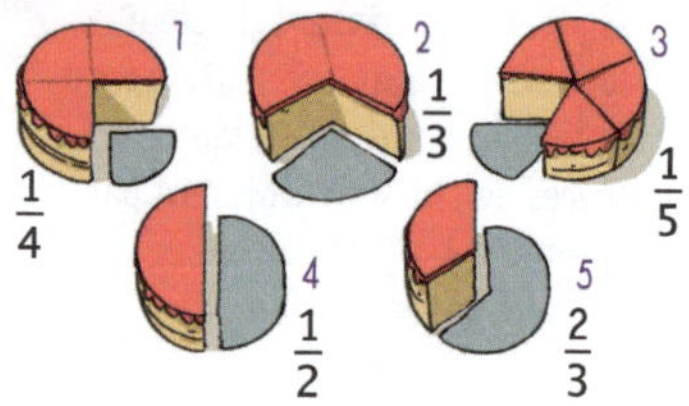

66 Maths (p. 47)

Léna invite 13 enfants (8 filles + 5 garçons).
Il fallait donc placer le nombre de bonbons suivants dans les assiettes :
- 2 sucettes x 13 = 26 sucettes
- 5 caramels x 13 = 65 caramels
- 1 boule de coco x 13 = 13 boules de coco
- 3 crocos x 13 = 39 crocos.

67 Français (p. 48)

Poussin / nageoire / bague.

68 Français (p. 48)

A	D	D	I	T	I	O	N
T	E	G	N	I	S	G	A
E	D	A	S	S	I	L	G
U	S	A	G	E	S	S	E
O	O	G	U	E	R	I	R
J	A	R	D	I	N	R	G
I	N	O	I	T	R	O	P
L	L	E	P	E	U	G	E
F	R	A	C	T	I	O	N

L'animal caché dans la jungle de mots est le gorille.

69 Français (p. 49)

Ce soir, les animaux de la savane se sont réunis pour choisir un nouveau roi. Chacun essaie de prouver qu'il faut voter pour lui.
– C'est moi le roi des animaux, tout le monde le sait ! Je ne vois pas pourquoi il faudrait changer les choses, s'exclama **le lion**.
– Oui, mais moi, vois-tu, dit **l'éléphant**, je suis si gros, je vis si longtemps que je mérite d'être roi.
– Avec mon long cou, c'est pourtant moi qui domine tous les animaux ! grommela **la girafe**.
– Mais il n'y a pas plus malin, plus agile ni drôle que moi. Je veux être le roi, dit **le singe** en faisant une pirouette.
– Aucun de vous ne peut voler dans le ciel, et je suis l'un des seuls oiseaux qui peuvent apprendre à parler. Je dois être roi affirma **le perroquet**.
– Taisez-vous chuchota **le serpent**. Mon venin est si puissant que je pourrais tuer chacun d'entre vous, et je deviendrai le roi !

Grand jeu du zoo (p. 50-51)

Rébus (p. 50)
Les plus beaux zoos n'ont pas de barrière.
(Lait / + / B' / haut / z' / eau / non / pas / 2 / bas / riz / R).

Les zanimots (p. 50)
Hippopotame (I / pot / pot / tam).
Léopard (lait / eau / pars).
Rhinocéros (riz / no / serres / os).

Une petite visite (p. 51)

70 Maths (p. 52)

date	article	quantité	Prix unitaire en €	Prix total en €
26 juillet	Bouée	25	7	175
	Chapeau de paille	15	6	90
	Palme	12	36	432
	Parasol	6	26	156
	Lunettes de soleil	31	19	589
	Matelas pneumatique	20	17	340
	Crème solaire	50	4	200
	Casquette	18	15	270
Montant total				2 252

71 Histoire (p. 53)

72 Maths (p. 54)

73 Maths (p. 54)

lundi = 1 450
mardi = 14 500
mercredi = 1 450 000
jeudi = 145 000
vendredi = 1 450 000
samedi = 14 500 000
dimanche = 1 450 000
Le parc a eu le plus de visiteurs le samedi.

Solutions

74 *Français (p. 55)*

75 *Français (p. 55)*

2 000 – 64 012 – 688 – 12 826

⬇ étape 1

64 012 – 12 826 – 2 000 – 688

⬇ étape 2

32 006 – 6 413 – 1 000 – 344

⬇ étape 3

6 – 3 – 0 – 4

Le code est 6304.

76 *Anglais (p. 56)*

77 *Anglais (p. 56)*

I have a dream. (J'ai fait un rêve.)

78 *Géographie (p. 57)*

- Climat océanique
- Climat continental
- Climat méditerranéen
- Climat montagnard
- Climat tempéré
- Climat aride

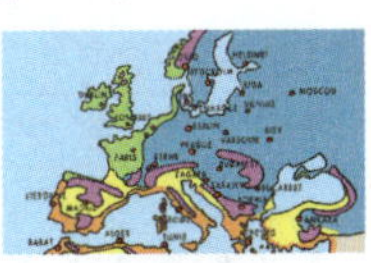

79 *Géographie (p. 57)*

T	Y	G	N	Y	M	O	C	E	R	E	P	M	E	T
C	O	N	T	I	N	E	N	T	A	L	D	Z	D	E
D	R	A	N	G	A	T	N	O	M	V	H	I	E	T
O	C	É	A	N	I	Q	U	E	B	W	K	D	R	E
N	E	É	N	A	R	R	E	T	I	D	É	M	W	A

80 *Français (p. 58)*

TRANS / METTRE
PRÉ / CHAUFFER
SUR / VOLER
EN / COURAGER
IM / PARDONNABLE

81 *Français (p. 58)*

recette/ record

82 *Maths (p. 59)*

Arnaud dépense 369 € par an pour acheter ses magazines.

17 x 12 = 204

(19 + 21 + 15) x 3 = 55 x 3 = 165

204 + 165 = 369 €

Le prix de revient d'une journée de vacances pour les trois amis est de 715,72 €.

586 x 3 = 1 758

1 084 x 3 = 3 252

3 252 + 1 758 = 5 010

5 010 ÷ 7 = 715,72

83 *Français (p. 60)*

Elle sait sa leçon. / Elle ne sait plus du tout sa leçon.
Ils arrivent toujours à l'heure. / Ils n'arrivent jamais à l'heure.
J'ai encore quelque chose à dire. / Je n'ai plus rien à dire.
Il se fait souvent gronder. / Il ne se fait jamais gronder.
Ma meilleure amie a toujours de bonnes idées. / Ma meilleure amie n'a jamais de bonnes idées.
Dans le jardin, les arbres ont encore des feuilles. / Dans le jardin, les arbres n'ont plus de feuilles.

84 *Maths (p. 61)*

3 kg 650 / un bébé qui vient de naître
1 kg / un litre d'eau
1 680 kg / une voiture
5 430 kg / un camion
45 g / un pain au chocolat
Le plus lourd est le camion.

85 *Maths (p. 61)*

Le cochon pèse 90 kg.
Le coq pèse 3 kg.
La dinde pèse 6 kg.

86 *Sciences (p. 62)*

Max doit tourner la manivelle vers la gauche.

87 *Sciences (p. 62)*

Lili doit tourner la clé vers la gauche.

88 *Français (p. 63)*

- = est
- = à
- = a
- = et

89 *Français (p. 64)*

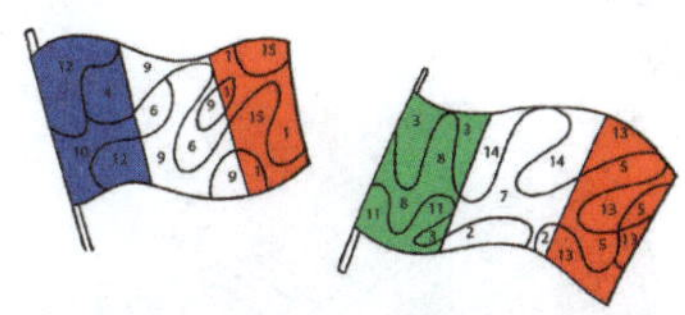

Les pays qui s'affrontent lors du match de football sont la France et l'Italie.

90 *Français (p. 64)*

De gauche à droite sur l'image :
- Je suis marocain.
- Je suis espagnol.
- Je suis tunisien.
- Je suis français.
- Je suis italien.
- Je suis portugais.

91 *Maths (p. 65)*

C1 = 3 / périmètre = 3 x 4 = 12
C2 = 4 / périmètre = 4 x 4 = 16
C3 = 6 / périmètre = 6 x 4 = 24
C4 = 8 / périmètre = 8 x 4 = 32
C5 = 10 / périmètre = 10 x 4 = 40
C6 = 2 / périmètre = 2 x 4 = 8
C7 = 15 / périmètre = 15 x 4 = 60
C8 = 12 / périmètre = 12 x 4 = 48

92 *Maths (p. 65)*

C = 6 / périmètre = 6 x 4 = 24
C = 9 / périmètre = 9 x 4 = 36
C = 10 / périmètre = 10 x 4 = 40
C = 25 / périmètre = 25 x 4 = 100
C = 100 / périmètre = 100 x 4 = 400

Solutions

93 Français (p. 66)

nous **faisons** / Je **refais** / Mon frère **dit** / mes parents le **contredisent** / Je **crois** / cette journée **satisfait**

94 Français (p. 66)

a) **vaut** b) **veut** / **peut** c) **pouvez** / **pouvez** d) **valent**

95 Histoire (p. 67)

La royauté est abolie et la République est proclamée le vingt deux septembre mille sept cent quatre-vingt-douze.

96 Histoire (p. 67)

Robespierre, Marat, Danton.

97 Maths (p. 68)

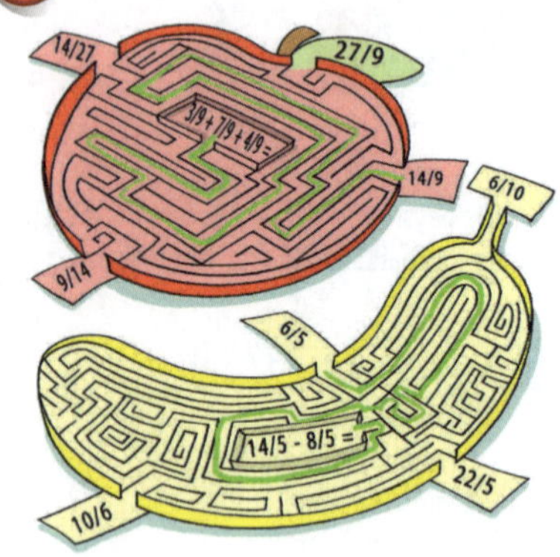

98 Maths (p. 69)

258 x 3 = 774
774 + 3 680 + 590 + 120 = 5 164
5 164 ÷ 4 = 1 291
1 291 − 87 = 1 204
Chaque participant paiera 1 204 € pour l'organisation de la sortie en mer.

Grand jeu des sorcières (p. 70-71)

Rébus (p. 70)
Quand le chat n'est pas là, les souris dansent.
(K' / an / le / chat / nez / pas / la / lait / sous / riz / dent / s' / œufs).

Carré maléfique (p. 70)

5	1	9	8	6	4	2	3	7
6	2	4	3	9	7	1	5	8
7	3	8	1	2	5	6	9	4
8	4	2	7	5	3	9	1	6
1	7	6	9	8	2	5	4	3
3	9	5	6	4	1	8	7	2
4	5	1	2	7	8	3	6	9
9	8	3	4	1	6	7	2	5
2	6	7	5	3	9	4	8	1

Le mot mystère (p. 71)
BAGUETTE / CHAUDRON / SORTILÈGE / POTION / CHAPEAU / SORT / FORMULE / MAGIQUE / VERRUE / HIBOU
Le mot mystère est : grimoire.

Sortilège (p. 71)

99 Maths (p. 72)

La situation B.

100 Maths (p. 72)

ingrédients	4 pers	8 pers	2 pers	1 pers
farine en g	120	240	60	30
œufs	4	8	2	1
sucre en g	150	300	75	37,5
chocolat blanc en g	20	40	10	5
chocolat noir en g	50	100	25	12,5
chocolat au lait en g	30	60	15	7,5
beurre en g	30	60	15	7,5

101 Anglais (p. 73)

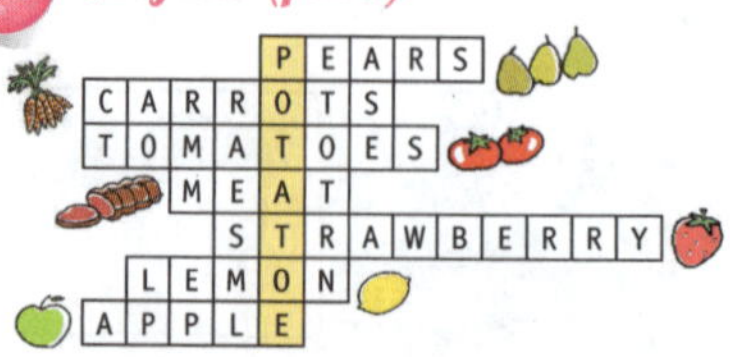

L'ingrédient essentiel des frites est la pomme de terre : POTATOE !

102 Anglais (p. 73)

La salade de fruits est composée des fruits suivants : bananas, pears, strawberries, apples, lemons.

103 Français (p. 74)

dansera / **arrosera** / **marchera** / **tiendront** / **joueront** / **hurleront**.

104 Français (p. 74)

I	A	R	E	S	S	A	R	B	M	E	T
A	A	R	O	N	E	I	E	Z	R	O	N
R	R	A	I	S	A	R	R	T	M	E	O
I	D	L	I	R	E	Z	E	B	E	O	R
T	R	O	U	V	E	R	E	Z	R	E	I
R	O	A	S	N	O	R	R	U	O	C	T
E	M	S	S	P	O	U	R	R	A	S	R
V	N	E	S	N	O	R	U	A	S	T	A
A	R	I	T	R	O	S	A	R	E	S	P

105 Sciences (p. 75)

R	E	N	O	U	V	E	L	A	B	L	E	E	R
E	S	S	U	T	E	L	O	R	T	E	P	R	U
N	E	L	E	C	T	R	I	Q	U	E	Z	I	R
N	E	U	Q	I	L	U	A	R	D	Y	H	A	U
E	N	E	R	G	I	E	F	O	S	S	I	L	E
I	N	R	N	O	B	R	A	H	C	I	J	O	L
L	O	E	S	S	A	M	O	I	B	G	O	S	A
O	M	B	T	M	U	I	N	A	R	U	A	B	H
E	U	Q	I	M	R	E	H	T	O	E	G	Z	C
C	E	N	T	R	A	L	E	E	C	R	U	O	S

106 Maths (p. 76)

Les cerf-volants B, C, E et F sont des figures planes.

107 Maths (p. 76)

Y	L	H	P	O	C	T	O	G	O	N	E	D	K	L
R	R	O	M	E	N	O	G	A	X	E	H	Q	L	O
J	B	O	R	H	O	R	D	D	G	Z	J	P	X	S
K	F	C	V	W	S	B	F	F	K	Z	T	X	M	A
E	L	G	N	A	T	C	E	R	R	A	C	N	D	N
E	B	L	Q	U	P	E	N	T	A	G	O	N	E	G
P	A	R	A	L	L	É	L	O	G	R	A	M	M	E

108 Français (p. 77)

Mon frère mange une gaufre au chocolat.
Je mets mes lunettes de soleil.
Ma sœur étale sa serviette sur le sable.

109 *Français (p. 77)*

C'est dans cette armoire qu'il range ses vêtements.
~~Ce turbulent est très cet enfant.~~
~~Hier nous irons dans les bois.~~
~~Le fauve proie sa guette.~~
Les enfants courent dans la forêt.
~~Dans mon jardin de jolies fleurs.~~
Julie est une grande fille raisonnable.

110 *Géographie (p. 78)*

1 Paris / 2 Aix-Marseille / 3 Lyon / 4 Toulouse / 5 Nice / 6 Nantes / 7 Strasbourg / 8 Bordeaux / 9 Lille / 10 Toulon

111 *Géographie (p. 78)*

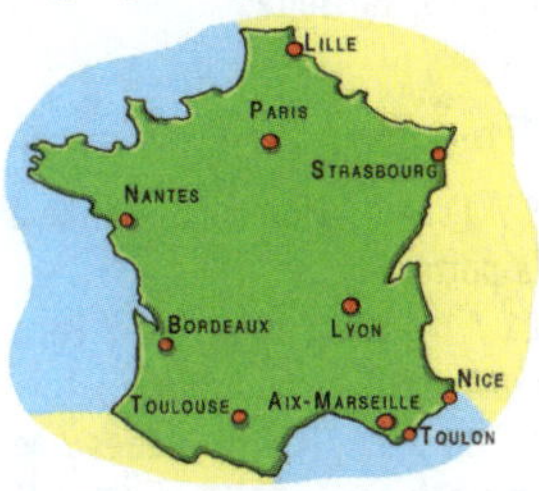

112 *Maths (p. 79)*

Pour la valise ayant un périmètre de 22, les mesures des côtés sont de 3 et 8.
Pour la valise ayant un périmètre de 28, les mesures des côtés sont de 4 et 10.
Pour la valise ayant un périmètre de 30, les mesures des côtés sont de 6 et 9.
Pour la valise ayant un périmètre de 68, les mesures des côtés sont de 9 et 25.

113 *Maths (p. 79)*

Il fallait entourer de la même couleur les étiquettes portant les mesures suivantes :
10 / 5 / 30
8 / 6 / 28
150 / 80 / 460
95 / 63 / 316

114 *Français (p. 80)*

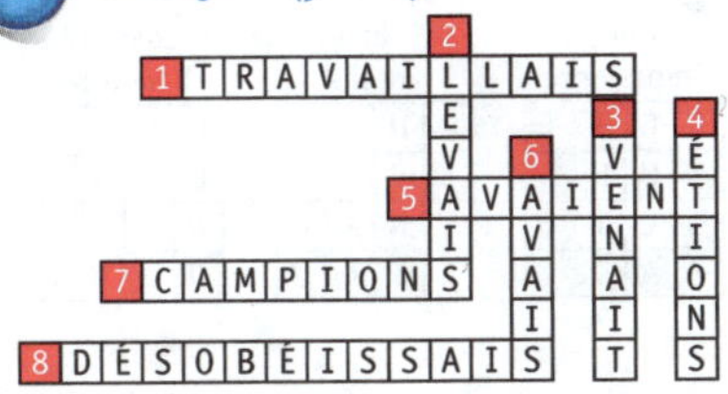

115 *Français (p. 80)*

j'ai vu**e** des loups. Il y en avai**en**t / des louvet**aux**. / gambad**é**. Leur mère les surveill**é**. / lui obéissai**t**. / **et** venu / C'**été** impressionnant !

116 *Anglais (p. 81)*

117 *Anglais (p. 81)*

Le cycliste qui n'est pas à sa place est celui qui porte le numéro 19 (nineteen) sur son dossard.

118 *Maths (p. 82)*

$\frac{461}{10}$	$53 + \frac{6}{10}$
$\frac{758}{100}$	$7 + \frac{5}{10} + \frac{8}{100}$
$\frac{536}{10}$	$6 + \frac{8}{10}$
$\frac{8\,324}{1\,000}$	$46 + \frac{1}{10}$
$\frac{983}{100}$	$8 + \frac{3}{10} + \frac{2}{100} + \frac{4}{1\,000}$
$\frac{68}{10}$	$9 + \frac{8}{10} + \frac{3}{100}$

119 *Maths (p. 82)*

164/100 = 100/100 + 60/100 + 4/100
= 1 + 6/10 + 4/100
3 579 = 3 000/100 + 500 /100 +
70/100 + 9/100 = 35 + 7/10 + 9/100

120 *Sciences (p. 83)*

La cliente veut acheter 3 kg 250 g de bananes.

121 *Sciences (p. 83)*

597 + 695 = 1 292 kg = 1,292 tonne
Non, Pierre-Loup et son père ne pourront pas transporter leurs deux chevaux dans la remorque car leur masse dépasse 1,2 tonne.

122 *Maths (p. 84)*

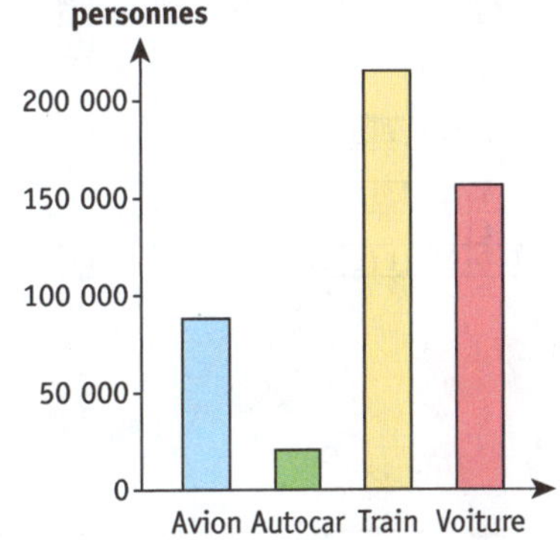

123 *Français (p. 85)*

Le synonyme de danger est péril.
Le synonyme de ressentir est éprouver.
Le synonyme de sincère est franc.

124 *Français (p. 85)*

Le synonyme de pluie est : averse.
Le synonyme de fabriquer est : construire.
Le synonyme de énervé est : agité.

125 *Maths (p. 86)*

Élio : 6 x 4 x 19 x 37 = 16 872
Paulo : 21 x 11 x 12 x 14 = 38 808
Grégory : 9 x 8 x 42 x 3 = 9 072
C'est Paulo qui récolte le plus de points !

126 *Maths (p. 86)*

		1	2	3
×			4	5
		6	1	5
	4	9	2	0
	5	5	3	5

		4	9	6
×			5	2
		9	9	2
2	4	8	0	
2	5	7	9	2

127 Maths (p. 87)

128 Français (p. 88)

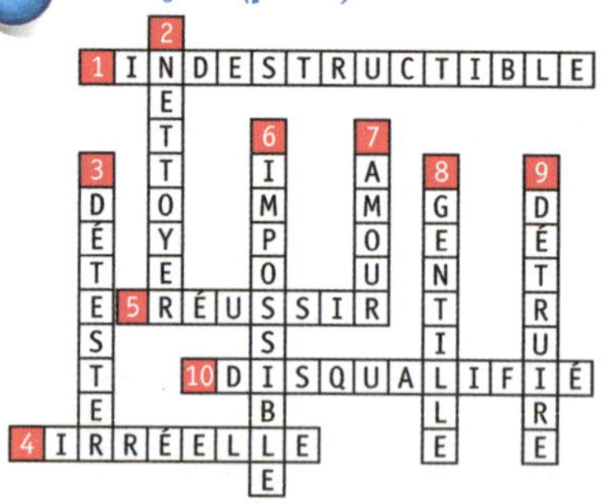

129 Français (p. 88)

Patiente/Impatiente

O	G	E	T
I	U	H	N
M	C	Y	E
P	A	T	I

Solide/Fragile

J	H	L	O
E	F	R	W
L	N	M	A
C	I	G	U

Gonfler/Dégonfler

O	N	F	O
G	X	A	L
W	E	P	E
D	I	H	R

130 Français (p. 89)

1) un phare
2) au théâtre
3) une sorcière
4) des poux

Grand jeu des chevaliers (p. 90-91)

À l'attaque (p. 90)
L'ennemi juré des chevaliers est un dragon.
Fière allure (p. 90)
L'intrus est la pièce D.
Amour chevaleresque (p. 91)
Coloriage libre.
Noble damoiselle (p. 91)
A-4 / B-3 / 1-C. L'intrus est la pièce 2.

131 Maths (p. 92)

$$\frac{68\,325}{1\,000} = \frac{68\,000}{1\,000} + \frac{300}{1\,000} + \frac{20}{1\,000} + \frac{5}{1\,000} = 68 + \frac{3}{10} + \frac{2}{100} + \frac{5}{1\,000} = 68{,}325$$

$$\frac{35\,286}{1\,000} = \frac{35\,000}{1\,000} + \frac{200}{1\,000} + \frac{80}{1\,000} + \frac{6}{1\,000} = 35 + \frac{2}{10} + \frac{8}{100} + \frac{6}{1\,000} = 35{,}286$$

132 Maths (p. 92)

825/1 000 et 0,825
67 951/1 000 et 67,951
647/100 et 6,47
7 731/1 000 et 7,731

133 Histoire (p. 93)

F / 1793. A / 1795. B / 1796-1797.
C / 1798. D / 1799. E / 1804.

134 Géographie (p. 94)

Il fallait barrer le paysage D.

135 Géographie (p. 94)

1 = openfield
2 = cultures délicates
3 = bocage

136 Français (p. 95)

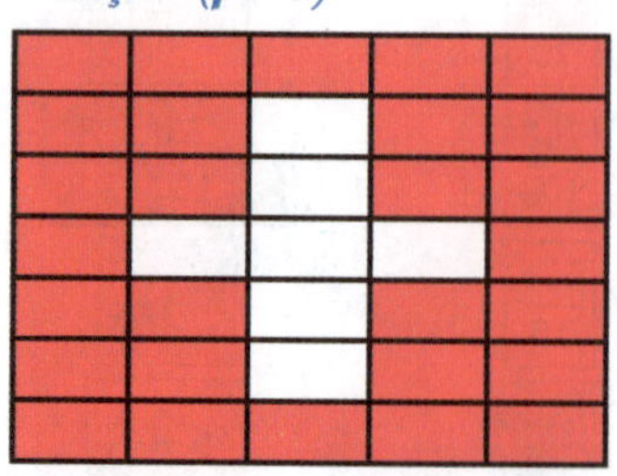

C'est le drapeau de la Suisse.

137 Français (p. 95)

La phrase verbale contient au moins un verbe.
(la / F' / rat / Z' / verre / balle / K / on / tient / eau / moins / 1 / ver / b' / œufs).

138 Français (p. 96)

Il fallait entourer de la même couleur les homonymes suivants :
une mère / la mer
un balai / un ballet
du sel / une selle (de cheval).

139 Français (p. 96)

1. fer
2. conte
3. Comte
4. faire

140 Sciences (p. 97)

1) 39 % bains, douches
2) 20 % sanitaires
3) 12 % lessive
4) 10 % vaisselle

141 Français (p. 98)

8 / 11 = il / Mon voisin sonne à la porte.
21 / 14 / 20 / 18 = vous / Papa et toi réparez ton ancien vélo.
4 / 11 / 11 / 4 / 18 = elles / Nina et Justine préparent un magnifique gâteau.
8 / 11 / 18 = ils / Les nuages remplissent l'horizon.
13 / 14 / 20 / 18 = nous / Julie et moi allons voir un film au cinéma.

142 Français (p. 98)

Hier, nous **préparions** nos valises.
Aujourd'hui, je **rejoins** mon cousin à la piscine.
Mes frères **joueront** un match très important le week-end prochain.
Léa et toi **êtes** vraiment les meilleures amies du monde.
Tu **adores** manger des glaces italiennes.
Ma mère **cuisine** un gâteau au chocolat pour le goûter.

143 Français (p. 99)

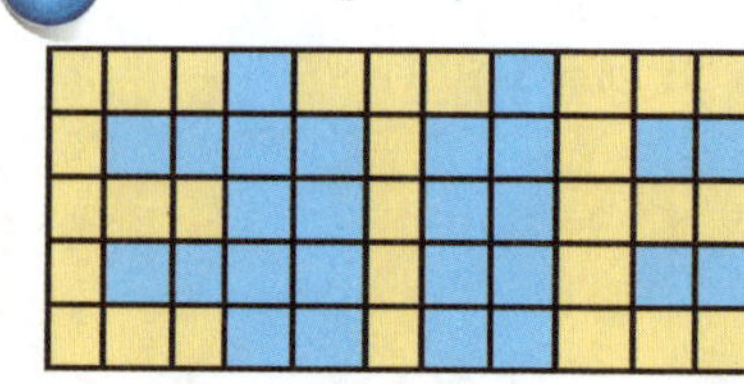

Le mot mystère est ÉTÉ.

144 Français (p. 99)

A – les pommes
B – les clowns
C – le cheval
D – le cerf-volant

145 Maths (p. 100)

146 Maths (p. 101)

Il y a 60 carrés.

147 Maths (p. 101)

148 Français (p. 102)

J'ai encore cassé **mes** lunettes.
Hier je suis tombée à vélo **mais** heureusement je ne me suis pas fait mal.
Elle aimerait bien acheter **ces** chaussures en vitrine.
La maman prend le bébé dans **ses** bras.

149 Histoire (p. 103)

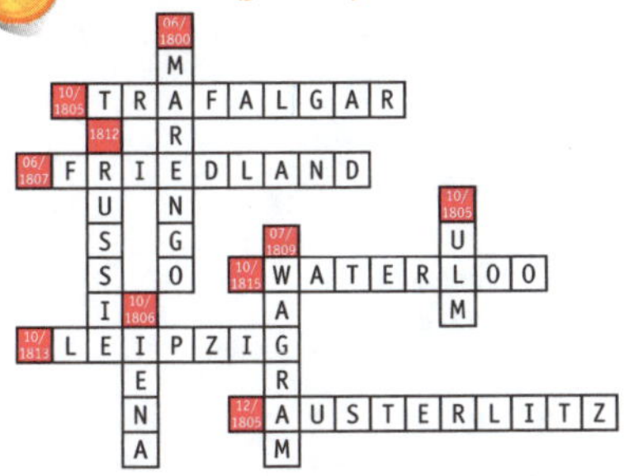

150 Histoire (p. 103)

E	E	N	A	R	R	E	T	I	D	E	M
X	S	A	B	A	R	M	E	E	S	I	N
I	T	E	D	E	B	L	E	D	E	L	I
L	L	H	I	E	F	R	A	N	C	E	H
E	I	L	Q	E	P	P	A	H	C	E	A
E	X	E	U	Q	I	F	I	C	A	P	V
N	E	C	E	N	T	J	O	U	R	S	N
E	E	T	R	A	N	G	E	R	E	S	E

Napoléon mourut sur l'île de Sainte-Hélène.

151 Maths (p. 104)

152 Maths (p. 104)

41,1	40,8	40,6	197,9	18,1
40,685	40,798	42,95	40,86	78,8
29,7	40,951	40,9	39,9	40,52
40,654	40,2	64,78	93,214	58,8
87,8	6 458,8	34,8	40,321	8,8

153 Français (p. 105)

Le sport, c'est la santé !
(L' / œufs /S'/ port / selle / as /an / thé).

154 Français (p. 105)

Je commence à être haut **c'est** un peu impressionnant !
C'est mon cousin qui m'a appris à faire **ces** nœuds !
C'est bien continue !!
Mon frère m'a prêté **ses** chaussons, mais ils sont un peu trop serrés.
Ces fleurs me gênent !

155 Maths (p. 106)

Modèle Lagon bleu = 34
Modèle Marina = 30
Modèle Océane = 32
Modèle Caraïbes = 32
Modèle Baie des Anges = 28
Modèle Atlantis = 24
Il va acheter le modèle Lagon bleu.

156 Géographie (p. 107)

157 Anglais (p. 108)

158 Anglais (p. 108)

MOTHER – SON – DAUGTHER
Le mot mystère est : SISTER

159 Histoire (p. 109)

Les Trois Glorieuses (laid / 3 / G/ lot / riz / œufs / Z).

Solutions

160 Histoire (p. 109)

VRAI. FAUX. VRAI. VRAI. FAUX. FAUX. VRAI. VRAI.

161 Maths (p. 110)

C = 40
M = 60
1 = 30

162 Maths (p. 110)

Il fallait reproduire une figure qui ait une aire de 102 carrés.

163 Maths (p. 111)

Il fallait recomposer les additions suivantes :
41,4 + 62,319 = 103,719
95,33 + 33,966 = 129,296
65,1 + 36,73 + 81,366 = 183,196.

164 Maths (p. 111)

1re opération : 5 042,366
2e opération : 7 356,41
3e opération : 11 025,879
4e opération : 17 883,646.
Il fallait entourer la dernière opération.

Grand jeu des Romains (p. 112-113)

Rébus (p. 112)
Tous les chemins mènent à Rome.
(toux / lait / ch / œufs / main / mai / nœud / ta / Rome).
Charades (p. 112)
Jules César (jus / le / seize / art).
Le latin (le / la / thym).
La légion romaine (la / laid / J / on / Rome / haine).
Au carré (p. 113)

Mon légionnaire (p. 113)
1) bouclier
2) tunique
3) lance
4) casque
5) cuirasse
6) sandale

165 Géographie (p. 114)

1er États-Unis
2e Chine
3e Japon
4e Allemagne
5e France
6e Royaume-Uni
7e Brésil
8e Italie
9e Russie
10e Canada

166 Géographie (p. 114)

Parfum (part / fin).
Les vins (laid / 20).

167 Maths (p. 115)

26,3	26,34	26,4	26,48	26,485
DANS	CETTE	BOUTEILLE	EN	VERRE
26,9	35,1	38,951	40,006	
J'AI	CACHÉ	MON	SECRET	
40,06	40,6	46,02	53,87	
MON	TRÉSOR	DE	MISÈRE	
58,9	58,96	58,961	58,968	
SOUS	LES	FLOTS	DÉMONTÉS	
100,005	100,059	104,56	109,54	
J'AI	REGARDÉ	LA	LUNE	
116,4	116,53	116,75	116,9	116,99
ET	MON	RÊVE	A	COULÉ

168 Français (p. 116)

La semaine prochaine, nous visiterons des éoliennes.
Autrefois, on s'éclairait à la bougie.
De nos jours, on utilise l'électricité produite par des centrales.
L'été dernier, mon voisin a installé des panneaux solaires.

169 Français (p. 116)

E1 / D2 / C3 / A4 / B5.

170 Sciences (p. 117)

171 Sciences (p. 117)

172 Français (p. 118)

▲ point : 5 / ★ virgule : 2 /
● point d'exclamation 1 / ▮ guillemets : 2.

173 Maths (p. 119)

La bonne reproduction est la numéro 5.

174 Français (p. 120)

1 - C
2 - B
3 - A
4 - D

175 Français (p. 120)

176 Maths (p. 121)

67,004 − 46,382 = 20,622
548,57 − 43,51 = 505,06
83,86 − 15,863 = 67,997
619,16 − 27,077 = 592,083

177 Maths (p. 121)

377,81 − 27,514 = 350,296

178 Maths (p. 122)

Il fallait barrer : la tasse, la seringue, le verre, la gourde, l'éponge.

Solutions

179 Maths (p. 122)

cl	Litres	10 000	100	=
100	Litres	=	10 000	cL

hL	daL	180	18	=
18	hL	=	180	daL

125	12,5	L	=	daL
125	L	=	12,5	daL

mL	cL	360	=	36
36	cL	=	360	mL

180 Anglais (p. 123)

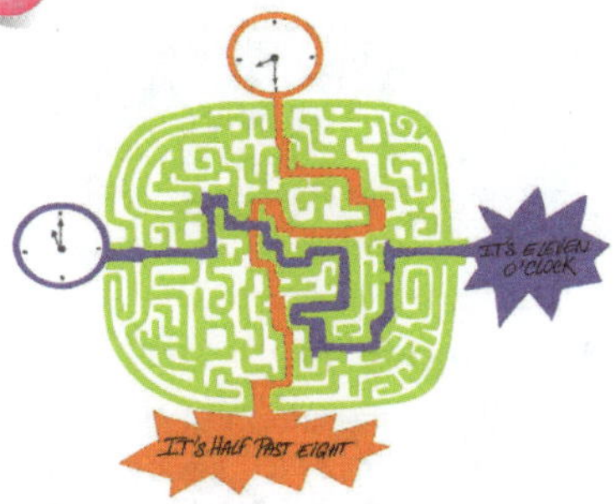

181 Français (p. 124)

Ne **mange** pas avec les doigts.
Ferme ton manteau.
Coiffe tes cheveux.
Ne **salis** pas tes vêtements.
Pense à prendre ton cartable.

182 Français (p. 124)

Ne sautez pas. Ne chantez pas.

Ne dansez pas. Ne plongez pas.

183 Maths (p. 125)

Scores	Tir 1	Tir 2	Tir 3	Total
archer 1	(24 pts x 2,5) **60**	(18 pts x 1,25) **22,5**	(34 pts x 2,75) **93,5**	**176**
archer 2	(19 pts x 2,59) **49,21**	(23 pts x 0,2) **4,6**	(35 pts x 2,55) **89,25**	**143,06**
archer 3	(27 pts x 2,31) **62,37**	(21 pts x 1,48) **31,08**	(32 pts x 2,84) **90,88**	**184,33**

L'archer 3 est gagnant.

184 Français (p. 126)

~~Étrangement~~ elle était pleine de confiance.
Il prit son sac à dos ~~sur les épaules~~.
La course commence ~~dans la plus grande confusion~~.
~~Ce soir~~ le soleil se couche ~~avec une belle couleur orangée~~.
~~Sur cette paroi de roches friables~~ les alpinistes avancent ~~très prudemment~~.

185 Français (p. 126)

Il ne faut garder que le nécessaire.
(île / nœud / faux / gare / dé / queue / L' / œufs / nez / C / cerf).

186 Maths (p. 127)

187 Français (p. 128)

				1	P	O	S	E			
2	E	N	F	I	L	E					
		3	P	L	A	C	E				
	4	R	A	N	G	E					
				5	E	N	D	O	S	S	E

188 Français (p. 128)

1C. 2D. 3A. 4E. 5B.

189 Maths (p. 129)

190 Sciences (p. 130)

Il fallait entourer le hibou.

191 Sciences (p. 130)

- 2 – 1 – 5
- 6 – 4 – 3

192 Histoire (p. 131)

1) la monarchie modérée
2) le suffrage universel masculin
3) la révolution industrielle

193 Histoire (p. 131)

La résidence de Louis-Philippe est le palais des Tuileries à Paris. Louis-Philippe est le cousin de Charles X. À la fin de son règne, on proclamera la Deuxième République.

194 Français (p. 132)

Le chien de Marion s'appelle : Princesse.

195 Français (p. 132)

chaud / **violentes** / **calme** / **beaux**

Solutions

196 Maths (p. 133)

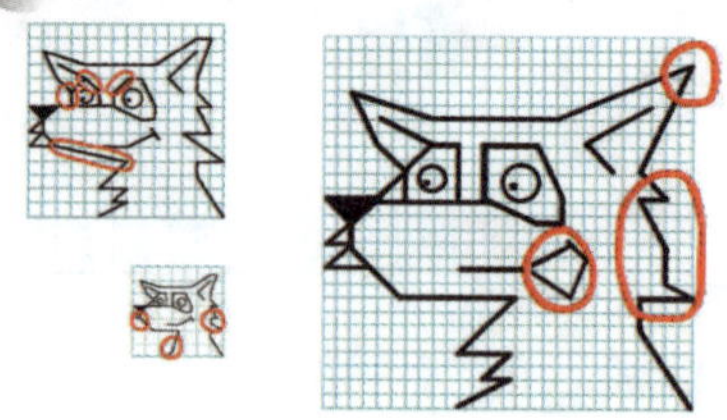

197 Français (p. 134)

1 – E / 2 – L / 3 – E / 4 – L, O, S et I / 5 – L. La réponse est : le soleil !

198 Anglais (p. 135)

He's got two heads.
He's got two eyes.
He's got three mouths.
He's got four ears on each head.
He's got five arms with three fingers on each arm.
He's got seven legs.

Grand jeu des astronautes (p. 136-137)

Proverbe chinois (p. 136)
Quand le sage montre la Lune l'imbécile regarde le doigt.
(K' / an / le / sa / jeu / mon / tr' / œufs / la / lune / l' / 1 / bêê / cils / R' /œufs / gare / 2 / le / doigt).

Quiz (p. 136)
1 – la Lune
2 – astronome
3 – Neptune

La tête dans les étoiles (p. 137)

Un petit pas pour l'homme (p. 137)
Le premier homme a marché sur la Lune le 21 juillet 1969.

199 Français (p. 138)

1 – 4 – 6 – 7 – 10 : Vénus

200 Français (p. 138)

1) son. 2) ont. 3) on. 4) sont.

201 Français (p. 139)

Quand l'époque de la ponte est venue, les tortues marines sortent de l'eau. Elles creusent dans le sable de grands trous où chacune peut déposer jusqu'à 200 œufs. Elles recouvrent soigneusement le nid et effacent toutes les traces pour éviter qu'il soit découvert.

202 Sciences (p. 140)

La Lune tourne autour de la Terre.
(la / lune / toux / R' / nœud / hotte / houx / R' / 2 / la / Terre).

203 Sciences (p. 140)

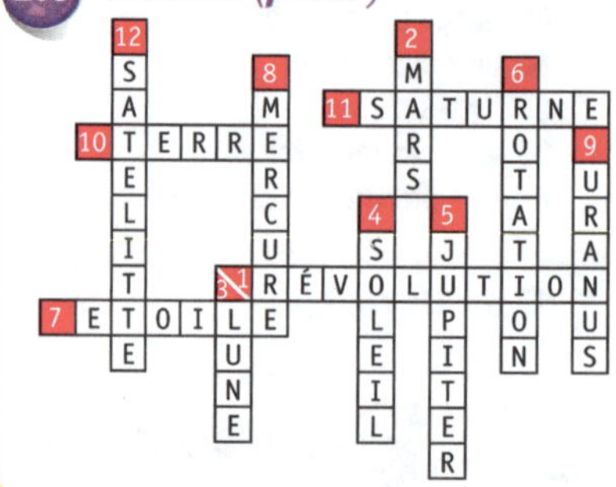

204 Géographie (p. 141)

Il fallait entourer les symboles suivants : le drapeau, l'hymne national (La Marseillaise), Marianne, la devise « Liberté, Égalité, Fraternité », le 14 juillet, le coq.

205 Géographie (p. 141)

« Liberté, Égalité, Fraternité. »

206 Français (p. 142)

1 – B / 2 – R / 3 – A / 4 – V / 5 – O.
Bravo !

207 Maths (p. 143)

Inès : (488 ÷ 57) + (218 ÷ 68) + (654 ÷ 41) = 8,56 + 3,20 + 15,95 = 27,71
Tiago : (241 ÷ 82) + (44 ÷ 60) + (894 ÷ 66) = 2,93 + 0,73 + 13,54 = 17,2
Luis : (285 ÷ 59) + (612 ÷ 58) + (764 ÷ 89) = 4,83 + 10,55 + 8,58 = 23,96
Nath : (711 ÷ 63) + (540 ÷ 71) + (466 ÷ 64) = 11,28 + 7,60 + 7,28 = 26,16
Le vainqueur est : Inès.

208 Français (p. 144)

1 – informatif
2 – injonctif
3 – descriptif
4 – narratif
5 – poétique

209 Maths (p. 145)

210 Maths (p. 145)

Il y a 12 triangles dans ce dessin.

211 Sciences (p. 146)

M	E	T	A	M	O	R	P	H	O	S	E	O	E	F	R	A
R	A	C	I	N	E	S	A	N	F	C	R	F	S	E	N	D
F	E	N	S	G	R	A	D	U	L	T	E	O	E	U	F	S
C	R	O	I	S	S	A	N	C	E	P	H	A	N	I	V	T
P	E	T	R	M	T	I	F	R	U	I	T	S	I	L	E	I
S	T	N	E	R	A	P	I	M	R	U	A	X	A	L	P	T
S	M	O	M	A	R	U	V	E	S	R	A	N	R	E	G	E
V	E	G	E	T	A	U	X	T	R	E	N	E	G	S	A	P

212 Sciences (p. 146)

213 Histoire (p. 147)

Le Second Empire est une période que l'on peut qualifier de dictature car l'opposition de l'empereur est réduite au silence et de nombreuses libertés sont supprimées.
C'est aussi une période de modernisation technologique (éclairage des rues, évacuation des eaux usées), industrielle (machine à vapeur), architecturale (Haussmann embellit Paris) et commerciale.
Napoléon III favorise les bourgeois et les chefs d'industries, alors que les ouvriers sont très misérables.
Après plusieurs mouvements de protestation, les ouvriers obtiennent le droit de grève et la presse retrouve une plus grande liberté.

214 Français (p. 148)

C – Les chiens ont fini leurs gamelles.
H – Antoine a réussi son examen.
A – Les voyageurs sont arrivés à New York.
L – Mes sœurs sont revenues du cinéma après le film.
E – Les lions ont obéi à leur dresseur.
U – Les invités sont repartis après la fête.
R – Les enfants ont chahuté toute la matinée.
C'est la chaleur.

Solutions

215 Maths (p. 149)

32 600 ÷ 10 = 3 260
140 000 ÷ 100 = 1 400
1 740 000 ÷ 1 000 = 1 740
235 000 ÷ 10 = 23 500
65 000 ÷ 100 = 650
321 800 000 ÷ 1 000 = 321 800

216 Maths (p. 149)

4	5	0	0	0
0	6	0	0	0
5	8	3	5	7
0	7	9	0	6
1	9	3	0	0

217 Français (p. 150)

1) iceberg (mot d'origine néerlandaise)
2) week-end (mot d'origine anglaise)
3) sudoku (mot d'origine japonaise)
4) basket (mot d'origine anglaise)
5) kiffer (mot d'origine arabe)
6) karaoké (mot d'origine japonaise)
7) parking (mot d'origine anglaise)

218 Maths (p. 151)

Il y a 12 cercles.

219 Maths (p. 152)

X	K	I	E	R	T	E	M	O	N	O	R	H	C	S
W	D	M	E	R	T	N	O	M	M	I	P	V	Q	A
E	R	I	A	L	O	S	N	A	R	D	A	C	P	B
R	E	I	R	D	N	E	L	A	C	X	R	B	V	L
E	G	O	L	R	O	H	P	E	N	D	U	L	E	I
T	W	Q	X	N	C	L	E	P	S	Y	D	R	E	E
A	D	N	E	G	A	A	E	B	O	U	G	I	E	R

220 Maths (p. 152)

Ils restent 27 jours au camping.

221 Français (p. 153)

1) écrire / 2) emporter / 3) attraper / 4) saisir / 5) manger.

222 Français (p. 153)

Dresser l'oreille, c'est écouter.
Dresser sa tente, c'est la monter.
Dresser un animal sauvage c'est le dompter.
Dresser une liste de choses à faire, c'est l' écrire.

Grand jeu des pirates (p. 154-155)

Emplacement vide ! (p. 154)
C'est Will le coupable.
Bizarre, bizarre... (p. 154)
Les six anomalies sont : le sous-marin, la sirène, la montre, le téléphone portable, le bateau baignoire et les jeux de plage.
Oups ! (p. 155)
A1, B5, C3, D2, E4.
Terreur des mers (p. 155)
Le bateau s'appelle le Redoutable.

223 Maths (p. 156)

224 Maths (p. 156)

C'est la figure D.

225 Français (p. 157)

FORÊT
LA
MÈRE
FEUILLES
QUATRE
DANS
CHOUETTE
NAÎTRE

Dans la forêt, un nouveau lutin vient de naître. La chouette annonce sa venue à tous les animaux : il est petit, mais il peut jouer, faire des galipettes dans les feuilles, rire ou chanter. Sa mère l'amène tous les matins au pied du grand chêne. Dans la forêt, le lutin est devenu un ami de la souris et ils se promènent ensemble.
Le synonyme de lutin est farfadet.

226 Français (p. 158)

À vérifier avec un adulte.

227 Français (p. 158)

1) 10
2) des rimes plates
3) un alexandrin
4) 4

228 Maths (p. 159)

20 : 00
3 : 45
16 : 00
9 : 15
7 : 30
8 : 00
21 : 15
15 : 45
19 : 30
4 : 00

229 Maths (p. 159)

A – 4 / B – 3 / C – 1 / D – 2

230 Sciences (p. 160)

1) b / 2) f / 3) i / 4) l / 5) m.

231 Histoire (p. 161)

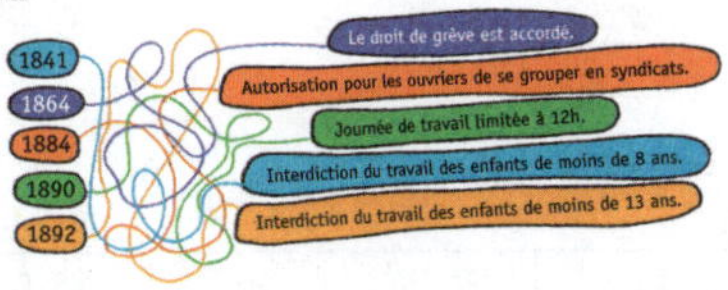

232 Histoire (p. 161)

Il fallait colorier les vignettes A, B, E, G et I

233 Maths (p. 162)

Angles obtus : 3 et 4
Angle droit : 7
Angles aigus : 1, 2, 5 et 6

234 Maths (p. 162)

A, 3. B, 7.

235 Français (p. 163)

BANDE
CARTOUCHE
PLANCHE
LETTRAGE
VIGNETTE

Un phylactère est une bulle.

236 Français (p. 163)

237 Français (p. 164)

Horizontal : 1 COMMIRENT – 2 TRAHIRENT – 6 CREUSA – 9 DÉGAINÈRENT

Vertical : 3 CIRÈRENT – 4 NAVIGUA – 5 CRUT – 7 BUT – 8 ÉTEIGNIT

238 Français (p. 164)

Ce n'est pas si simple !
(Ssss / œufs / nez / pas / si / saint / P' / le).

239 Maths (p. 165)

Charlemagne a été sacré Empereur en l'an 800.

240 Maths (p. 165)

11,5	5,75	23	11,5	23	92	46

Moitié Quadruple Moitié Double Quadruple Moitié

Charlemagne a régné 46 ans.

241 Français (p. 166)

Horizontal : 2 RAILS – 5 VOLAILLE – 6 ÉPOUVANTAIL – 9 ABEILLE – 10 EMAIL

Vertical : 1 GROSEILLE – 3 PORTEFEUILLE – 4 OREILLE – 7 ORTEIL – 8 VITRAIL

242 Français (p. 166)

L	I	A	N	R	E	V	U	O	G	L	P
I	L	A	R	S	O	M	M	E	I	L	A
E	C	U	R	E	U	I	L	U	P	N	I
V	E	E	L	L	I	U	E	F	A	U	L
E	R	L	I	A	T	R	O	P	L	T	L
R	L	E	B	A	T	A	I	L	L	E	E

243 Géographie (p. 167)

1) c / 2) b / 3) b / 4) c

244 Géographie (p. 167)

D	I	V	E	R	S	I	T	E	X	B	T
X	U	A	E	P	A	R	D	M	P	E	S
D	E	M	O	C	R	A	T	I	E	E	C
S	Y	M	B	O	L	E	S	T	R	T	I
P	R	V	F	P	I	S	I	E	P	H	T
A	M	P	T	A	P	R	I	A	M	O	O
I	A	A	N	E	E	T	Y	X	D	V	Y
X	V	N	R	P	N	S	J	O	I	E	E
O	O	I	S	O	D	E	D	O	E	N	N
M	T	O	R	R	E	T	O	I	L	E	S
E	R	F	C	U	S	E	N	M	Y	H	T
P	X	A	D	E	A	K	U	N	I	O	N

245 Français (p. 168)

Élodie passera ses vacances en Italie.

246 Maths (p. 169)

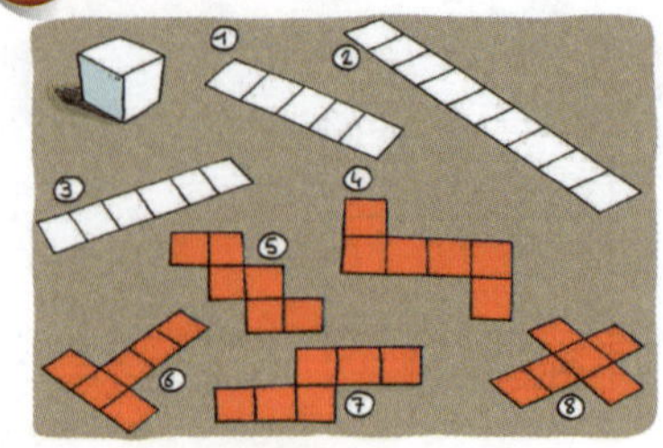

247 Maths (p. 169)

Cette pyramide compte 28 pavés.

248 Maths (p. 170)

Il fallait colorier l'affiche du film Jame's qui commence à 20 h 50 car il se termine à 22 h 45.

249 Maths (p. 170)

Marc s'est absenté 2 heures et 45 minutes.
Il est parti de chez lui à 14 h 10.
Il rentre chez lui à 16 h 55 (16 h 30 + 25 minutes).

250 Français (p. 171)

A	B	C	D	E	F	G	H
6	5	8	2	7	3	4	1

251 Français (p. 171)

Horizontal : 3 CONVERSATION – 4 COUVERTURE – 6 FAX – 7 MESSAGE – 9 LETTRE

Vertical : 1 COLONNE – 2 UNE – 5 EMAIL – 8 JE

252 Anglais (p. 172)

253 Anglais (p. 172)

M	E	M	A	W	E	D	N	E	S	D	A	Y
Y	A	O	S	A	T	R	W	E	D	M	A	A
Y	A	N	M	O	W	A	D	Y	E	D	F	D
E	N	D	O	R	X	F	E	H	S	T	R	R
T	H	A	S	D	A	R	R	E	U	Y	O	U
N	R	Y	E	R	A	M	U	I	N	I	T	T
S	R	A	T	E	U	T	D	O	D	R	H	A
U	N	E	O	M	U	H	T	Y	A	A	I	S
R	M	T	L	R	E	A	T	S	Y	V	Y	W

254 Maths (p. 173)

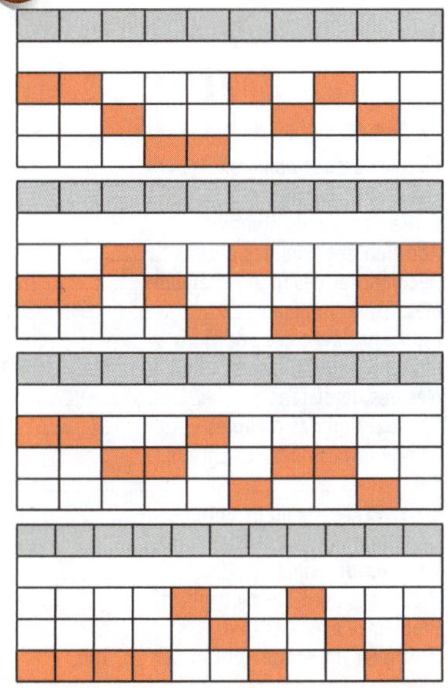

Grand jeu des robots (p. 174-175)

C'est le robot D, le préféré du professeur Gétrouvé.

Code Pin (p. 174)

3	1	6	5	8	7	2	4	9
2	4	5	1	3	9	6	7	8
7	8	9	2	4	6	1	3	5
1	2	3	4	5	8	7	9	6
4	5	7	6	9	1	3	8	2
6	9	8	3	7	2	4	5	1
5	3	1	8	2	4	9	6	7
8	7	2	9	6	3	5	1	4
9	6	4	7	1	5	8	2	3

C'est le robot C qui pourra fonctionner.

Table des matières

Français

Maths

Histoire

Géographie

Sciences

Anglais

Grands jeux

Achevé d'imprimer par Imprimerie BLG à Toul - France
Dépôt légal 08640-1 / 04 - Mars 2025